빛의 족적

빛의 족적

2025년 4월 10일 초판 1쇄 인쇄
2025년 4월 22일 초판 1쇄 발행

지은이 | 신영춘
펴낸이 | 孫貞順

펴낸곳 | 도서출판 작가
      (03756) 서울 서대문구 북아현로6길 50
      전화 | 02)365-8111~2 팩스 | 02)365-8110
      이메일 | cultura@cultura.co.kr
      홈페이지 | www.cultura.co.kr
      등록번호 | 제13-630호(2000. 2. 9.)

편집 | 손희 김치성 설재원
디자인 | 오경은 이동홍
영업 | 박영민
관리 | 이용승

ISBN 979-11-94366-74-4(03810)

값 12,000원

작가기획시집

빛의 족적

신영춘 시집

작가

애절함으로 퍼올린 시의 우물

어린 아이 때부터 조금씩 솟아오르던 시의 샘이 세 번 용출하였습니다. 그러다가 사막을 만나면서 그 샘이 멈추었습니다. 너무 목이 말라 네 번째 우물을 파기 시작하였습니다. 사막 한가운데서 파는 작업이니 어쩌면 시인의 목숨을 걸고 파는 작업이 될 수도 있겠다 싶습니다. 그 우물을 파는 작업으로서 이 시집을 발간하게 되었습니다. 바라기는 이 네 번째 우물을 기점으로 시의 샘이 솟아나 목마른 나그네의 목을 축일 수 있으면 좋겠습니다.

살다보니, 무언가 마음속에 애절함이 솟기 시작했습니다. 그것은 불끈 솟는 욕망도 아닌 것이 타는 목마름으로 다가왔습니다. 시인의 마음속에 일어나기 시작한 그 목마름은 무엇이었을까요?

자연을 보더라도 그냥 자연으로 보이지 않았습니다. 그 속에 무엇인가 애절함이 깃들어 있는 것을 보았습니다. 단순히 도교적 자연관은 아닌 것 같습니다. 복잡한 인간사를 벗어나 단순히 자연과의 합일을 이루는 것을 소원하던 것이 시인의 내면속에서는 이미 그런 바람을 뛰어 넘어 있었습니다. 자연 속에 깃들어 있는 애절함이 보이기 시작한 것입니다.

사람을 바라보는 것이 단순한 슬픔이나 기쁨이나 즐거움을 넘어서는 어떤 갈망 같은 것이 일어났습니다. 아마도 나이가 들어서일 것이라고 생각해 보았습니다. 왠지 모르게 사람이 애절하게 보였습니다. 도시 한가운데를 지나가는 여인이 애절하게 보이고, 시골의 광인이 애절하게 보이고, 사람이 살던 집도 텅 비어 있어 그 충만하던 옛 기억이 텅 빈 공간으로 남아 있는 모습을 보면서 애절함이 일어났습니다. 그 애절함은 단순한 추억을 이르는 말은 아닐 것입니다. 그렇다고 어떤 서글픈 감정도 아닐 것입니다. 그렇게 보는 시선일 것입니다.

현대사조를 바라보는 시선이 애절하였습니다. '해체'의 시대를 살아가면서 황폐한 인간성에 대한 새로운 대안이 나와야 되지 않겠나라는, 시인으로서 애절한 마음을 가졌습니다. '가출'에서 '귀향'이라는 구조로의 변화를 애절하게 생각했고, '몸'의 해체에서 거룩한 몸으로의 복귀를 애절하게 그려 보았습니다. 어쩌면 급격한 해체가 가져온 진정성의 일탈에서 고요히 복귀를 꿈꾸는 것은 시인이 그리는 이상향일까요?

시인이 속한 작은 공동체 안에 이어져 온 역사들로 인하여 많은 눈물을 흘렸습니다. 시간이 덧쌓이면서 묻혀버린 우리들의 이야기들을 다시 땅을 헤쳐 끄집어내면서 민족과 함께 그을린 상처들을 다시 싸매는 심정으로 되새김질을 하며, 시의 옷을 입혀 보았습니다. 그 과정에서 그 찬란한 역사의 물줄기를 고독하게 이어온 선조들의 처절한 몸부림이 애절하게 다가왔습니다. 어쩌면 라이너 마리아 릴케가 '그가 이겼다'에서 가장 명성을 높여 불렀던 얀 후스를 뛰어 넘는, 어쩌면 윤동주의 십자가를 애절하게 그리고 있는 모습처럼.

이 샘이 솟아나게 하는 데에는 우리 문학계의 최고의 지성이신 황순원문학촌 소나기마을의 촌장이시며, 한국문학평론가협회 회장을 역임하신 경희대 국어국문학과 김종회 교수님의 끊임없는 지지와 격려가 있었음을 밝힙니다. 김 교수님께서 저의 두 번째 시집 『하늘을 여는 빗소리』에 이어 네 번째 시집 『빛의 족적』을 평론해 주시는 것은 시인인 저에게는 크나큰 기쁨과 영광이 아닐 수 없습니다

또한, 이 샘이 솟아나도록 천광교회 장로님들과 교우들의 전적인 지원이 있었음을 밝힙니다. 그리고 원고를 정리와 교정해 주신 권미영 사무원권사님께 감사드립니다. 이 시집을 내기까지 수많은 바람과 이슬과 폭우를 함께 맞으며 걸어온 아내 정순실 씨의 눈물어린 기도가 있었습니다. 참으로 감사합니다.

독자 여러분들에게 이 시집이 퍼올린 샘물이 되었으면 좋겠습니다. 감사합니다.

2025년 4월, 천광 서재에서
신영춘

차 례

2부 눈을 치우면
사람들에 대한 애절한 시선

3부 은희가 부르는 자장가에는 안식이 없다
해체를 보는 애절한 시선

4부 빛의 족적
작은 공동체를 바라보는 애절한 시선

해설

제1부
작고 아름다운 세상

– 자연에 대한 애절한 시선

비

쇼팽의 손에서 쏟아지는
비가
열기로 가득찬 아스팔트 위로
하늘, 짙은 빛으로
쏟아집니다
가슴 위로 내려 앉는
빗소리 선율에
하늘과 바다가 맞닿는
아스팔트 끝
눈물로 시작되는
오선지 위의 춤추는
음표들
아,
초록빛 선율이 끝나갈 즈음
우매한 신들 앞에 서야 합니다
허망한 현실은 깨진 우상으로
거짓처럼 버티고 섰는데.

사랑의 뿌리

아무도 거들떠보지 않는
산촌의 창을 열면
고요히 떠오르는 동천의 빛이여
그대에게서 무한을 꿈꾸며
하늘의 음성에 귀를 기울입니다

무릎을 꿇으면
작은 창으로 삐져 들어오는
하늘이여
빛이여

오늘은
무엇으로 언 가슴을
녹이려 하십니까

하늘을 우러르면
귓가에 스며오는 바람소리
빈 가슴을 채우려
하십니까

먼 곳
흰둥산이 그 뿌리로부터
검푸른 빛을 드러낼 즈음
나의 사랑은 해맑은 미소로
다가오겠지요

잔잔히 흐르는
실로아의 잔물결이
창문을 열면
흘러들어오는데

뿌리 깊은 사랑은
조요롭게 다가오겠지요.

작고 아름다운 세상

배낭을 메고
공원에 앉아 흐르는 공기를
맡는다
나무와 매미의 소통이
원활하다
홀로 앉아 있는 무위가
있어 아름다운가
길을 발견하여 아름다운가
바쁜 걸음, 움켜쥔 멱살
튀기는 침, 충혈된 눈초리
핸드폰에서 흘러나오는 욕설
대응사격하는 입술
살아가는 것이 고해인데
이 작은 세상에
많은 소리가 흘러간다
탁류,
깊고 오래된 탁류
흘러왔고 가는 서러운
강물
한껏 고요하고자 하나
거짓이다
자각이 없이 흘러가는
탁류,
자정은 거짓이다
흘러가다가 침전되고
굳어진다

침천과 포기와 내려놓는 것이
해탈이 아닐진대
깊은 곳에 가라앉은
침전물이 교만한 목소리로
말하겠지
"나는 탁류에서 벗어났다"고
탁류는 침전물을 동경하고
침전물은 탁류와 다른 말을 한다
"탁류가 얼 까닭이 없다"
작은 세상에서 일어나는
수많은 애증이
노래한다
'벗어나고 싶다'
'자유하고 싶다'
침전물이 말한다
'깨달으라고
벗어나라고'.

* '불교의 소리가 진정한 구원의 소리인가?'를 묻는 시이다

라르고 강경

석양이 강경 거리에 눕기 시작했습니다
느릿한 라르고가 하늘을 이고
거리에서 서성입니다
지팡이를 들고 병원에서 나온 노인네가
절룩거리며 석양을 휘젓다가
고요히 강변으로 다가갑니다
흘러가는 강물과 어울리려는
노인네의 걸음이 석양을 흔들어 놓을 때
강물은 서서히 건너편 산으로 들어갑니다.

철새와 함께 춤을 춰요

북녘 하늘에서 불어온 바람 따라
채운 들녘에는 철새들로 덮였습니다
따스한 마음을 가진 사람들 곁에
머물고 싶어 날갯짓을 퍼득입니다

머언 하늘길 따라온 새들이
까만 눈을 깜박이며 춤추고 노래합니다
한겨울 지나 노오란 꽃들이
들녘에서 피어오를 때까지
함께 춤추며 노래하자네요
들녘으로 나아가요
철새와 함께 이 겨울을
따스한 마음으로 춤추고 노래해요.

늦가을 벚꽃 1

나 앙상한 뼈만 남았다
봄과 여름에 그 많던
나비들, 넘치는 젊음으로
내게 춤추던 그녀들은
춤추기를 멈추었다
외면하는 바람과
접은 날개 속에
한기는 더해진다
저 가녀린 날개를 퍼득이며
내게로 날아온
하이얀 날갯짓
무심히 바라보던 나무는
속으로부터 갑자기 올라오는
뜨거운 뿌리의 시그널
찬 기운을 밀치고 솟아오른
나의 하얀 피.

늦가을 벚꽃 2

늦가을 노을을 받은
반짝이는 벚꽃이
앙상한 가지 끝으로
끓는 피를 하얗게 담아
세상으로 나왔습니다
뒤늦게 세상 밖으로 나온
어여쁜 나비가
가녀린 날개를 퍼득이며
갈 바를 알지 못합니다
곧 차가운 달빛이 대지를
덮겠지요
따스한 가슴을 가진
나무는 뿌리로부터 올라오는
끓는 피를 주체할 수 없어
하얀 꽃이 되어
나비 앞에
피어났습니다.

가을 저녁은 2

대지는 풍요한 색상으로
덧칠해져 있습니다
온갖 사물이 일과를 마치며
태양의 그윽한 사랑을 받고 있습니다
머지않아 다가올
잿빛 하늘을 머리에 이고 살아야 할
대지이기에
그렇게 사랑하는가 봅니다

다가올 잿빛 하늘 아래 있을
홀로된 그대를
맞이해야 하는데

고요히 황산 뜰에 내려앉은
노을 속에는
가을에서 겨울로 가는
투명한 설움이 담겨 있습니다

풍성해도 가진 것 없이
홀로 저 하늘을 맞이해야 하는데
용기가 서지 않습니다

이 깊은 가을 저녁에
길을 묻고 있는 그대에게
누구도 대답하지 않습니다
풍요하나 외로운 이 저녁에는

누구도 말하지 않습니다

조용히 도수 높은 안경으로
두꺼운 책을 펼쳐
길을 물어야 합니다

다가오는 잿빛 하늘을
머리에 이고 살아야 할 사람은
조용히 홀로됨에
익숙해져야 합니다.

다 자란 나무

검은 씨앗이
검은 흙을 비집고 나옵니다
어린 싹은 옆에 서 있던
나뭇가지가 부러지는 모습을
바라보면서 조금 자랍니다

어린 싹이 자라면서
바람이 세지고 무서리에
고통받는 대지의 아픔을
이해할 즈음이면
조금 더 커져 있는 자신을
발견합니다

이 나무는
꽃을 피워 아름다움을
드러냅니다
열매도 떨어뜨려 보면서
비로소 다 자랐음을
두 팔 벌려 자랑합니다

이 나무는
옆에 섰는 나무들이
자리에 하나 둘 눕는 것을 보면서

자신의 자리를 바라봅니다
이때 즈음은

큰 나무로 다 자란 것임을
몸으로 느낍니다

나무 옆에 섰던
아이는
한 사람
또 한 사람
흙에 누울 때
비로소 어른이 됩니다.

오랫동안 기다린 빗소리

촛불이 깃발과 함께 일어나
마른 대지를 불지르고 지나가더니
북쪽에서 총성이 들려왔습니다
여인과 처녀의 피를 땅에 묻었습니다
바다 건너 사는 이교도들이
고성능으로 장전된
돌을 던지며 알 수 없는
주문을 외고 있습니다

지상이 너무 시끄러워
하늘이 열리지 않았습니다
열릴 듯 열릴 듯
대지는 목마르고
영혼도 목말랐습니다

아,
스트라빈스키여
지상에 펼쳐지는 이교의 춤사위를
끝내
이 땅에서 연주하여야 합니까

오늘,
오랫동안 기다린 빗소리
빗소리
빗소리
하늘이 억지로 열려내리는 빗소리 빗소리.

문득 들꽃이 보였습니다

문득 발을 멈추고 눈을 들어보니
청초한 들꽃이 가슴에 들어왔습니다
그동안 잊고 살아왔습니다
세상에 눈을 뜰 때
사람들이 보이기 시작할 때
작은 시름이 쌓여갈 때
옆에 있어도 보이지 않던
들꽃이 왜 갑자기 보이는 것인지
저 꽃의 이름도 모르고
무엇을 입고 저리도 고운지 모르지만
내 가슴에 깊이 들어와 앉았습니다
여름내 겪었던
목을 조이던 태양도
목까지 차오르는 장대비의 욕설에도
자그만 몇 꽃송이 피우자고 견디었습니다
그래도 이 힘든 세상에
문득 자그만 위안을 삼으라고
저기에서 견디어 피어났습니다.

늦가을 저녁이 운다

낯선 낭만의 길에서
돌아와 앉으니
깊고 긴 설움이
의자에 다소곳이
날 기다리고 있습니다
한여름에
지저귀던 제비 떼는
전깃줄에 앉아 비를
맞고 있습니다
음색이 여린 선율이
가슴에 저미어 옵니다
아무도 찾지 않는 저녁은
낯선 우주를 펼쳐 보입니다
사랑을 말하기엔
너무도 멀리 머얼리
날아온 나방의
무디어진 날갯짓 같은
저녁입니다
길이 끝나는
도회의 막막함이
가슴속에 담이 되었습니다
마주한 거울 속에는
깊이 패인 눈언저리가
서글퍼집니다
날이 밝으면 머언 길을
나서야 합니다

사랑은 끝이 없고
갈 길은 멉니다
이 밤은 호롱불을 밝히며
두꺼운 책을 펼쳐
설익은 사랑을
배워야 하는가 봅니다.

한 쌍의 바위

흐르는 맑은 물 속에

바위 한 쌍이 은빛 하늘을 가진

물고기의 안무를 내려다보고 있습니다

하늘의 맑은 사랑지은 구름을

올려다봅니다

때로는 물결이 세게 다가와 부딪치지만

함께 바라보고 앉아 영겁을 기다리는

사랑의 노래를 여울물 소리로 노래합니다

건너편 황금빛 모래 언덕엔 물새 한 쌍이

발자욱을 남기며 원초의 숲으로 사라집니다

그래요

함께 하는 것,

함께 바라보고 서로 지켜보는 것

해맑은 미소로 서로의 수심을 닦아줍니다

바위 한 쌍이 세월을 넘어가고 있습니다.

들녘 끝에는 불빛이 있다

어두움 너머에서
불그레한 불빛이 들녘을 지나
손짓을 합니다
바람이 불고 덤불로 가득한
이 들녘에 홀로 서서
다정한 저 불빛을 바라보고 있으면
내면에서 참아낼 수 없는
그리움이 솟구쳐 오릅니다
당신이 있기에
이 어두운 들녘에 설 수 있습니다

어스름이 가득한 공간에
밤새 한 쌍이 별을 가르며 날아갑니다
마음에 시詩샘이 솟아오릅니다
당신 때문입니다
당신이 저 불빛 아래 있다는 생각에
난 도저히 발을 돌릴 수 없습니다
불빛을 향해 달려오라는
손짓만 있다면
바람과 덤불과 어둠을 헤치고
달려갈 것입니다.

새들은

새들은
그 파아란 바람을 타고
하늘을 수놓던
저 자유는
사람에 기대어 살고
싶어 합니다
날아 날아
그 높이에 있어도
눈은 사람을 내려다 봅니다
다가가도 되는지
그 까망 눈동자로
살피고 있습니다
새들은
그 까망 눈동자로
수천 년 동안
보아왔습니다
그대 옆에
기대어 살고 싶은데
다가가도 되는지
아니 되는지
망설이며
날아가고
다가오고
날아가고
사람이,
그리운 사람이
무서운 것입니다.

바다이야기 1

말이 없는 세상에는
전설들이 잠들어 있다

깊은 곳
알 수 없는 깊이 속에
가라앉은 전설의 괴물이
입을 벌리면
수면에 떠다니던
가난한 부유물들은
그 입속으로 빨려 들어가고
욕망과 어우러진 눈물이
바닷물에 용해된다

혼돈은
침묵 속에서,
어둠 속에서 긴 혀를 낼름거리며 춤춘다.

바다를 다녀왔구나

바다를 다녀왔구나
부럽구나
나도 겨울바다가 필요해
깊고 푸른 바다
나의 꿈과 욕망과 애증을
용해시켜 줄 바다

혼자 갔었어?

왜 바다라고 불러?

모든 것을 받아 주는 곳
응석도 받아 주고
그 많다고 하는 눈물도 받아 주고
침을 뱉어도 받아 주고
돌을 던져도 아무 말 없이 받아 주는 곳

나 받아 그 깊은 곳에서
황금빛 비늘 번쩍이는 물고기와
넓은 가슴을 마음껏 펼치는 바닷새와
내 가슴에 맺힌 설움을
철퍼덕 씻어 내리는
희디흰 파도를 만들어 주는 곳

내 왜곡된 길과 생각을 받아
수평선 아래로 잠재워 주는 바다

받아 바다 바다
다 받아 준다

나를 받아 준 당신을 닮은 바다
이 궂은 날
나를 받아 줄 바다가 필요해.

해질녘의 강경풍경

해질녘의 강경의 거리에
홀로 걸으며
라흐마니노프의 선율을 마신다
외로움도 아닌 것이
홀로 걷게 만든다
설움도 아닌 것이
가슴을 적신다
젊음도 아닌 것이
솟아오르는 아픔을 만든다
늙은 것도 아닌데
저 앞서가는 노인네의
바짓가랑이가 서러워진다
생의 깊이도 없는데
젓갈의 맛이 그윽해진다
주머니가 텅 비어 있는 것이
쇼윈도의 코디에
눈길을 준다
하굣길의 짐도 아닌
가방을 둘러맨
더벅머리 학생들의
웃음이 미끄러져
사라질 때
떠나버린 자식들의 웃음이
아낙의 주름을 깊게 만든다
강경의 저녁은
홀로 걷게 만든다

왕궁도 아닌데
금강의 노을이
찬란하다
홀로 이 노을을 마신다.

새벽엔 바람이 주저앉았습니다

밤이 길었습니다
무거운 꿈을 싣고 온 태풍은
창가에 잠 못 이룰 사연들을 뿌리며
긴 밤을 새우자고 했습니다
때로는 꽃잎으로
때로는 죽음의 소식으로
검푸른 구름이 몰려올 때면
부러진 날개로 나의 창가로 날아드는
애처로운 바람들
다 들어줄 수 없는 주절거림 앞에
무릎을 꿇으면
그제야 깊은 숨 내쉬고
애끓는 비명을 멈추는 문풍지 소리
새벽닭이 날개를 치면
모든 바람은 새벽에 주저앉습니다.

눈이 시린 내 고향

눈이 시린 내 고향
산천엔 흰 눈이 덧쌓이고
검은 까마귀 허공,
차디찬 공기를 가른다

떠날 사람은 떠났다
버거운 짐을 다 내려놓고
눈길 너머 고개 위에
봉긋이 눈 덮인
작은 집으로 가고

철없는 아이들은
새로운 세상을 그려가고 있다

가끔
산 등강이에 솟아있는
노송들이 주는 상상들로 인해
잠잠히 눈 내리는 산천에
우주 저 끝을 향해 달려가기는
하지만
떠날 사람을 생각지는 않는다

눈이 시리도록
하이얀 세상을 바라만 본다.

프리지아

프리지아
나의 꽃이
피어날 날은 멀었겠지요

사랑하기에
그 청초한 꽃잎을
거두는 순결한 사랑

이별이
힘겨워 대지를 밟고
일어나야 할
프리지아야

그대가
시들어 대지에
눕는 것은
그리움에 젖은 이유라고
일러주겠소

만약에
내가 또 그대를
품에 안을 수 있다면
영원히 안고 있으리라
맹세하겠소

당신과 함께

가지 못하는 것은
아픔입니다

당신의 시절을 그리워
할 것입니다
오랫동안
아주 오랫동안
꽃의 터널 속에서
그 깊고 환한 꽃 속에서.

꽃물이 오를 때

깊고 긴 잠에서 깨어난
뜰의 매실나무가
화들짝 놀랐습니다
따사로운 햇살과
미소 띤 바람에
화답해야 합니다
부지런히 가지가지에
꽃물을 나르고 있습니다
청매실은 파아란 꽃물을
홍매실은 발그레한 꽃물을
옆에 서 있던 산수유는
노오란 꽃물을 실어 나릅니다
꽃물이 든 나무마다
곧 꽃망울이 터지겠지요
사랑스러운 뜰 위에 서 있는
나의 나무들이여.

벌판에서 뒤돌아 본 길

계획한 길이 있었습니다
머언 길 지나 훗날을 웃을 것을
그려보았습니다
고개 고개를 넘어
휘몰아 온 벌판에서
문득 뒤돌아봅니다
아니었습니다
가고 싶었던 길을
푸르게 그리며 웃음 짓던 길이
아니었습니다
바람을 피하느라고
비구름을 피하느라고
모진 눈보라 피하느라고
머언 길 바라보는
푸르른 초점을 잃었습니다
굽이굽이 돌아온 길이
너무도 갈라져 있습니다
아침의 태양은
떠오른 곳에서 누울 곳을 향하여
올곧게 와서
자줏빛 석양담요를 금강에 펼치는데
되돌아본 길은 너무도 많이
갈래를 지었습니다
뒤돌아갈 수 없는 길입니다
다시 머언 길 떠나야 하는데.

바람맞는 방식

꽃마다
바람을 맞는 방식이
다릅니다
흠뻑 바람에 젖는
꽃이 있는가 하면
슬쩍슬쩍 큰 나무에
잇대어 바람을 피하는
꽃도 있습니다
자신을 찢으며
온갖 향을 다 뿜어내고
떨어지는 꽃도 있습니다
그 누구 하나
말하지 않지만
어쩔 수 없이 꽃이라는
이름으로 맞는 바람이기에
누구도 봐주지 않을지라도
그것이 존재방식입니다
음률로 다가오든
채찍으로 다가오든
바람을 맞지 않는 꽃이
무슨 향기가 있을까요
꽃마다 바람을 맞이하는 방식이
다르지만 결국은
향기로 말하고 있습니다.

저녁에 분 바람

예배당 마당에
잔잔히 내려앉는 바람이
꽃에게 말을 건넵니다
"너는 예배당에 피어 있어 행복하겠구나"

꽃이 말합니다
"바람은 행복하겠구나
너를 꺾으려는 일이 없어서"

자리를 잡고 있으나,
자유를 누리나,
행복이 아닙니다

가끔
꽃이 빛을 드러내어
바람을 바라볼 때

바람이 불어와
꽃에게 말을 건넬 때
저녁예배가
따스하게 드려집니다

많은 이야기가
짐을 내려놓고
등을 기대어
석양을 바라볼 때

등 뒤로
어슴푸레하게 떠오르는 달빛이
그들을 감싸줍니다.

2부
눈을 치우며
- 사람들에 대한 애절한 시선

문지방

문지방을 다리 사이에 넣고
살아왔습니다
한 다리는 밖에
한 다리는 방에

문지방 넘어 밖으로는
생전 처음 맑디맑은 강물이 보입니다
그곳에 발을 담그면 자유라고
아, 그곳이 누울 명당이라고 노리고 있었습니다

어느 비 오는 날
젊은 미친 여자가 그 자리를 차지했습니다

그 뒤로 나의 발은 엉거주춤

안에 들여논 발은 밖을 향하고
다른 한 발은 방을 향하고

명당도 못 잡고
남에게 양보했네 그려

그 맑은 강물에 흐르는
나의 자유는 묶이고
다시금 방을 향하면
나의 발은 밖을 향하네

무엇이 산 것이고
무엇이 죽은 것입니까
목사님,
무엇이 자유고
무엇이 억압입니까

문지방 넘어가면
푸르디푸른 강물에
자유가 있고
명당이 있는데.

*J성도 병문 중에 쓰다

50

덩그러니 1

새벽 예배당이 언덕에
덩그러니 서 있습니다

잠든 땅에 십자가 하나
머리에 이고 서 있습니다

동녘에 붉그러니 일어나는
아침은
예나 지금이나
어스름을 몰아내지만

아무도 찾지 않는 예배당은
덩그러니 서서
마을을 내려다보고 있습니다.

덩그러니 2

어디로 갔을까
그 많던 아이들의 소리는 떠났습니다
더 이상 찾지 않는 산골
휘감아 도는 강변의 물소리만
달빛에 젖어 옵니다
아이들의 소리를
한없이 기다리는 기와집 한 채,
불도 꺼졌습니다
마당에 풀들만 솟았습니다
덩그러니 그리운 덩어리 한 채
무엇이 그리운 것일까요.

덩그러니 3

새벽공기가 등짝에
스며들 때
빈 예배당 마룻바닥에
무릎을 꿇습니다
어디로 갔을까
수많은 소리들
손뼉치며 노래하던
해맑은 아이들
어깨 넓은 청년들
풋풋한 처녀들
팔의 힘이 넘치는 장년들
입심 좋은 부인들
흰머리의 노인들
노래를 마룻바닥에 뒹굴게 던져 놓고
다들 어디 갔을까
덩그러니 걸려 있는
십자가만 바라봅니다.

덩그러니 4

모두 몰려갔다
박수가 춤추는 곳으로
춤 구경 갔다
왕도, 동네 이장도, 아이들도
모두 몰려갔다
진리는 무상했다
과거의 포효는 허상이 되었다
예레미야여!
신접한 자의 현란한 혀와
박수의 춤사위에 따르지 못하는
우둔함이여
기쁨도 사라졌다
즐거움도 꺼졌다
덩그러니 앉아 공허한 눈으로
하늘만 쳐다보는
선지자여!*

* 예레미야 15장 17절 "주의 손에 붙들려 홀로 앉았사오니"

덩그러니 5

보름달이
앞산 구부러진 노송 등걸에
덩그러니 올라앉아
내려다보고 있습니다
여들은 휘황찬란히
달빛을 부셔서 흘러내리고,
여들물은 그리운 노래를 부르고 있습니다
언덕에 창 하나
밝힌 기와집 한 채
덩그러니 서 있습니다
어디로 갔을까요
엊그제 엄씨가
저 강을 건넌 후
홍씨네도 서울로 떠났고
최씨네도 도회로 떠났습니다
그 많던 아이들의 재잘거림,
동네 총각, 처녀들의
전설 같은 사랑 이야기는
더 이상 들려오지 않습니다
덩그러니 둥근 달만 떠올라 있습니다.

시골광인 1

다들 어디로 갔지
그 많던 친구들은 간데없고
허깨비만 왔다 갔다 한다
이집 저집
돌아다니며
정신 나간 한 소리하던 중년은
문득
아무도 없는 시골 저녁과
맞닥쳤다
어스름이 골마다 차오르는데
소주병만 쥐어져 있을 뿐
고향집이 두려울 뿐이다
소리쳐도
텅빈 시골 저녁은
어스름한 유령처럼 가라앉는다
다들 어디 간거야
"이놈들아"
늦가을은 서서히 추위에 밀려가고
달랑 까치밥마냥
이 너른 땅에서
이 밤을 지내라는 것이냐.

시골광인 2

가물거리는 호숫가의 달과 별
사람들이 수면 위로 어른거린다
예전에 사랑했던 연인이
호수 위에서 달과 함께 춤을 춘다
자신을 안아 하늘을 새처럼 떠다니던
날
아
환영
낙엽은 혼령처럼
이리저리 돌다 수면 위에
내려앉아
미친 춤을 춘다
더 깊은 심연에 가라앉고
뜨거운 음표는
차가운 수면에서
더 이상 노래하지 않는다
슬픔이
이 남자를 놓아주지 않고
질기디질긴 손으로
영혼을 옥죄일 때
낮은 밤이 되고 밤은 낮이 된다
문득 닥친
늦가을 호숫가의 바람이
차가웁다.

시골광인 3

여기저기 흩어져
대지 위에 흙꽃송이가 된
무덤가에서
소리쳐 불러본다
"다들 어디 간 거야"
"다들 ……"
대답 없는 답답증에
가슴이 터지고
자식도
연인도
친지도 모두 등지고 간
이 대지 위에
허공에 퍼지는
소리, 소리
모두 떠난 시골 저녁이
두려움다
누군가를 만나야 한다
날 만나 줄 사람을 만나야 한다
만나기 위하여
텅 빈 공간을 떠도는
서러운 눈매엔
찐득한 눈곱이 끼이고
허기진 기다림에
저녁노을이 붉다.

시골광인 4

만날 사람을 찾아
산 넘어 다리를 건너
둑 아래에 모여
큰 굴뚝 만들고 사는 사람들에게 가자
하늘을 찌르는 집들이
우거져 있는 곳,
음산하고 회색 공기가 자욱한 곳에
네온사인이 휘황한 그림을
그린 곳에

"다들 어디 간 거야"
"다들……"
여기도 없네
다 눈의 초점이 일그러진 사람들
소리 소리 지르는
나의 몰골을 한 사람들이
여기 다 있네
너도 나
나도 너
만나야 할 사람은 없고
높은 데시벨과 몽상 빛으로
꾸며진 인공도시
미친 사람들,
미친 사람들
만나야 할 사람이 없네
만나야 할 사람이.

시골광인 5

길이 없다
출구가 없다
나무도, 꽃도, 의미도 없다
산 것이 산 것이 아니다
죽은 것이 죽은 것이 아니다
만나야 할 사람을 만나야 된다
뱃속 깊이까지 내려앉은
움직일 줄 모르는 어두운 영을
옛날에 묶어 놓고
풀어주지 않는 억압하는 영을
소리 소리 질러도
헛된 메아리만 보내는 허무한 영을
이 뱃속 깊이까지 내려앉아
거대한 바위가 되어
짓누르는
이 손에서 벗어나게 할 사람을 만나야 한다.

겨울 여인

한 여인이 핸드폰을 들고
우왕좌왕합니다
노을이 머리 위로 내리고
있는데
그녀는 무엇을 잃었는지
중앙선을 넘어갑니다

사랑의 부재不在로
서글퍼진 눈동자는
초점을 잃었습니다

예전에
들었던 사랑의 언어가
무의미한 바람이 되었습니다

수많은 인파 속에서
그녀의 눈에 들어오는 것은
휑하니 뚫려진 공간뿐입니다

아,
핸드폰의 밧데리까지
힘이 다 되었군요

바람만 그녀의 손안에서
맴돌다 머언 길을
떠나갑니다.

눈을 치우며

오락가락하던 눈이
그분이 가신 뒤에
함박눈으로 변했습니다

아무도
이 눈이 오리라고는
예상하지 못했습니다

길이 끊긴 것입니다

그분은
오직 한 길로만
다니셨습니다

새벽마다
안개 자욱한 홍교리 길을
홀로 밟으며
오랜 세월 길을 닦았습니다

그분은
다른 길을 다니지 않았습니다

한 걸음
한 걸음
발을 옮기며
그 길로만 걸으셨습니다

이렇게
함박눈이 내려
지워져 버린
그 길을
다시 찾으려고
빗자락을 들었습니다

반드시
그분이
걸으셨던 그 길을
찾아야 하기에
이 무거운 눈을
쓸고 있습니다.

암선고癌宣告

멀리서 크나큰 미사일 공격이
있었습니다
함께 소명을 갖고
해안을 따라 걷던 친구로부터
발사된 굉음이었습니다
지구가 깨지고 하늘이 틈을 보였습니다
그 틈으로 하염없는 빗줄기가
쏟아져 내립니다
세상 물정 모르는 친구가
왜 그 엄청난 공격을 했는지
모르겠습니다
한 길,
한 우물만 파던 친구가
갑자기 쏘아 올린 미사일이
흩어져 있는 친구들 가슴에서
폭발했습니다
그렇다고
푸르른 세상이 불타 없어지지는 않았지요
다만
갈라진 하늘 틈으로 빗줄기가
쏟아져 내리기만 할 뿐입니다.

아멘입니다

그대 이름은
아멘입니다

맘도 고운
입으로 순응하던
고백의 언어는
아멘입니다

거센 바람이
창가에 부딪힐 때
조용히 외치는 기도는
아멘입니다

마음에 일어나는
자그만 파도를 잠재우는
손길은
아멘입니다

마침내
지상의 옷을 벗고
두 눈을 고요히 감으며
그리운 님의 품에 안길 때
순결한 영혼의 숨소리는
아멘입니다.

* 2007년 1월 22일 오후 4시 30분 김인실 집사의 임종예배를 드리며……

가슴떨려

잎나고 꽃은 피었는데
사랑하는 권사님은 어디 가셨나
그날 저녁 손 만지고 왔는데
이제
심장 떨려 죽겠네
이권사도 떠났으니
꽃잎 질 무렵이면
나도 떠나야지
강경 역전 눈에 어리어
눈물되고
성결교회 생각나면
나 어떻게 해
태어나 팔순 넘게 눈에 박혔는데
자식들이 올라오라고 저 야단이니
삭신 쑤셔 안 갈 수도 없고
아,
가슴 떨려
가슴 떨려.

꽃봉오리는 떨어지고

꽃봉오리가 생채로 떨어졌습니다
온 하늘의 낙뢰들이 모여서
땅을 후려치는 소리에
마음이 열두 갈래로 갈라져
천지사방으로 튀어 나갑니다

꽃잎이 작은 열매를 맺고
떨어지는 조화가 아니었습니다
하늘을 향해
그 붉디 붉은 꽃잎을
벌리기 직전에
생나무에서 떨어지는 소리입니다

가지가 찢어지는 소리에
나무는 파르르 떨고
수액이 뚝 뚝 뚝
땅을 패며 이어 떨어집니다

살아있는 나무는 찢어진 가지를
움켜쥐고 새로운 꽃봉오리가
태어날 때까지 울며 울며
긴 밤을 지나가야 합니다.

* 호진이를 보내며 그 부모를 생각하면서 쓰다

뒤돌아 본 길

많이도 휘어진 길입니다
여러 갈래의 길을 걸어왔습니다
애초에 걷기로 한 길은
한 길이었습니다
사랑하며
한 길만을 걷기로 하였습니다
뒤돌아 본 길은
가지 말아야 할 길을
많이도 넘나든 길이었습니다
만나지 말아야 할 사람들
눈짓도 하지 말아야 할 사람들
손도 잡지 말아야 할 사람들
먼 길에 원치 않은 사람들과
함께 걸은 길이었습니다
차가운 땀이
등줄기에 쏟아집니다
곧은 길을 걷기로 했습니다
선택하지도 않은 길을
걸어왔습니다
수많은 발자욱들이
돌길에 찍혀 있습니다
뒤돌아 갈 수 없는
길입니다
그냥 자욱이 있는 대로
남기고 가야 할 길입니다
사랑도

미움도
눈물도
웃음도.

멈추지 않는 노래

바람이 구름에 엉키고 설켜
대지에 생명을 일으키는데
우리 그렇게 살 줄 알았습니다

어지러운 이 땅에서
함께 기대어 살 줄 알았는데
당신은 다른 꿈 때문에
다른 대륙으로 몰려가려 합니다

당신은 잠들어도 자지 못합니다
당신은 먹어도 배부르지 못합니다
당신은 입어도 따숩지 않습니다
내가 있어야 합니다
나 없이 만족이 있을까요

당신을 향한 불은 꺼지지 않고
한 미친 남자의 노래는 멈추지 않는데

당신이 다른 곳을 본다면
결코 미친 남자의 노래만한 운율은
듣지 못할 것입니다

당신이 바닷가에 가도
가슴이 열려지지 않을 것입니다

내 노래를 듣고 가십시오

꽃이 꽃잎을 열어 그 환한 미소를
지어야 합니다
당신은 홀로 꽃 피울 수 없습니다

나 입맛을 잃었습니다
당신이 춤추지 않는데
당신이 노래하지 않는데
무슨 맛이 날까요

비록 지나는 비에 젖었어도
마음은 젖지 않습니다

당신의 자태는 너무 아름다워
남을 힘들게 합니다

당신은 둥글고 단단한 반지를
집어 던졌습니다
그러나 내 속에 굳은 마음은
던지지 못했습니다
던지지 못했습니다.

기다림 1

여기
바람 멈춘 강변에
기다림도 멈추었습니다
강물은 시간이 될 수 없고
시간은 강물이 될 수 없지요
그대가 오지 않는
이곳에서의 물음은
무의미한 장난입니다
저 멀리 멈추어선
기다림의 끝에는
그대가 있을까
그대가 없을까
나의 끝없는 갈망은
강물에 비추어 흘러갑니다.

기다림 2

밤이 깊어도
다가오지 않는 그리운 분

약속된 시간이
넘은 것 같은데
기척이 없네

소쩍새
피 토하고 울다 지치면
동녘이 붉으래
열려오고
나의 기다림은 끝날 줄 모르네

장터는
또다시 시끄러운 일상에 젖어 들고

충혈된 눈동자는
거리가 부끄러워진다네

비록 세월은
소리 없이 날아와
소리 없이 날아가는 외기러기의
깃털 같은 것이라도

나의 기다림은
여들 한가운데 둥지를 틀고 앉은

바윗덩이 같은 것
둥지를 틀고 않은
바윗덩이 같은 것이라네.

옥중서간

– 춘향전 소고

저였습니다
어젯밤 핏빛으로 물들어가던 저녁노을에
홀로 날아간 기러기가
당신을 그리워 한양으로 날아간 것입니다
당신이 오시리라는 기다림으로 맞고 또 맞고
그 바람에 찢어진 빠알간 맨드라미
당신의 화원에 흐드러진 나의 절개를
보셨는지요
자유는 매어놓았다고 해서 묶이지 않습니다
그리워하는 어금니 속에 해묵은 자유가
손짓하지요
당신이 오시면 나의 자유는 당신에게 구속되지만
매인 자유, 당신의 눈길에 매인
그 훨훨 날아갈 자유
피값을 주고 산 나의 자유는
당신에게 바칠 마지막 꽃이랍니다
저였습니다
어젯밤 당신의 창가에 처연히 들려오던
소쩍새 소리는 피 묻은 가슴으로 당신께
날아간 나의 편지입니다
당신에게 얽힌 행복
비바람 모진 들녘에서도 낡아지지 않을
이 편지를 받으시면
마음으로라도 이 붉은 마음을
헤아려 주시오.

떠나가는 푸른나무였다

이제 또 한 사람이
멀어져 갑니다
내 눈이 침침해지고
가끔 눈꺼풀이 두꺼워지면서
당신의 모습이
흔들려 보입니다 내게 당신은 분명하고 또렷한
푸르른 나무였습니다
계절이 바뀌고
다른 태양이 비춰며
아스라한 바람이 다가올 때
당신은 흔들리며
짙은 갈색으로 변해져
멀어져 갑니다
살 만큼 살았고
사랑할 만큼 사랑했다는
자기변명과
다른 바람이 그리운
내면의 불꽃이 타오르는
당신을 보내며
내 눈에 눈꺼풀이 더 두꺼워집니다
내 두손에 쥐는 힘이
왜 쥐어야 하는지
이유를 상실당할 때 즈음
당신은 다른 밭으로 옮겨져
짙푸른 자태를 드러내겠지요
또 한 사람이

멀어져 갑니다
너무도 빨리
떠나갑니다 너무도 빨리.

고별의 용기

사랑은 표독스러운 가시를 지니고 있습니다
영원히 사랑하리라 맹세하면 할수록
저주받은 대지 위에 가시는 힘차게 돋아납니다

무엇이 등을 지게 합니까
눈물도 흐르지 않는 메마른 사랑에
길들어진 짐승 같은 냉혹함

그리운 여인은 일찍이 가슴을 설레이게 하지만
광야에 메마른 바람만 몰고 오는 낮은 구름 떼 같은 것
물기 없는 사랑이 갈증만 깊게 파고 있습니다

그대도 청춘이 사라지겠지요
일순간 뜨거워졌던 심장도 식어지겠지요
정욕에 몸부림치던 육체도
"바람과 함께 사라져 간다"는데

우리가 함께 찾았던 거룩한 기쁨은 숨겨지고
목마르게 갈증하며 헐떡이는 숨소리가 대신 하는데
더 깊은 목마름이 오기 전에 고별할 용기가
필요하답니다

가시돋힌 장미나 순결을 가장한 프리지아의 위선을 벗고
시련의 세월을 받아들여야 합니다
그래요 깊은 눈물로 내 영혼이 소성됩니다
깊은 눈물로 내 영혼이 소성됩니다.

다섯 능선을 지나

머언길 나가고 싶습니다
저녁햇살이 들판 너머
아스라한 동산을 덮고 있을 때
다섯 능선 지나 열려진
자유로 향한 길
갈 수 없고
가서도 안 될 그 길을
슬그머니
바람 쐬듯
바람 따라 물결 따라
다가가고 싶습니다
숨어서 슬며시 문 열어 줄
은밀한 눈빛이
있는 곳
스산히 옷깃에 내려앉는
구레나룻,
그 서글픔을 잊기 위하여
들판 위에 펼쳐진
사물들은 또렷하지 않은
그저 아물거리는
무의미한 색깔들의
덩어리일 뿐
스쳐 지나가는 바람은
거친 피부를 썰렁하게 만드는
타인의 감촉일 뿐
다섯 능선 지난
이 들판에는 무감각을 향한
자유일 뿐.

살 만큼 살았다면

살 만큼 살았습니다
건널 강들은 거반 건넜습니다
넘을 산도 거반 넘었습니다
저 들판을 지나면
고향이 기다립니다
올 만큼 왔습니다
기다림도
그리움도
서서히 끝자락에선
무뎌집니다
작은 세상에서
진하게 아름다운 수채화를
그려놓았습니다
때로 일어나는 바람은
수채화의 화사한 채색을
더해주는 붓질이었습니다
살 만큼 살았다면
들판 건너
고향에 들어갈 일만 남았습니다
금의환향해야겠습니다.

그대를 기다리며

따사로운 공기를 마시며
그대를 기다리다가
짧고 깊은 잠에
빠져 들었습니다
눈먼 자와 아름다운 꿈을 꾸는 여인의
간절한 기도의 듀엣이*
대지와 산천에 퍼져 나갑니다
기도와 꿈이 천상을 향해
나아갈 때
오수 속에서도 차오르는 눈물로
가슴이 범벅이 되어
그대를 기다립니다
반드시 이곳에 와서
나의 슬픈 잠을 깨워야 합니다
잠들어서는 안 되는데
현실에 일어나는 서글픔을
잊기 위하여 빠져든 잠입니다
그대가 오면
내 눈에서 흘러내린
진한 눈물자욱을
지워주겠지요
따스한 그대 입술로.

* 안드레아스 보첼리와 셀린 디옹이 함께 한 〈Prayer기도〉

당신의 웃음은

당신의 함박웃음이
세상의 빛을 넓힙니다
당신의 너털웃음 속에서
많은 영혼이 편해집니다
당신이 나이 든 여인네들의
손을 잡아 줄 때
지금껏 살아온 나이테가 넓혀지고 있건만
조금씩 조금씩
당신의 세상이 좁아진다고
당신은 당신과 함께하는 사람들,
당신과 함께하는 나무들,
당신과 함께하는 곤충들,
그 속에 한숨 소리가 없어지길
그렇게 기다리지요
당신은 점점
웃음과 함께 남을 끌어안고서
석양을 사랑하며
석양을 향해
한 걸음 한 걸음 다가가고 있습니다
당신이 웃음을 토해내는 것은
당신 속에 감추어진 상처를
가리기 위해서이지요
저 빗소리는 알고 있겠지요
아무도 당신이 웃는
가슴을 들여다보지 못했습니다
당신 속에 있는 상처를

가려주는 손도 없고
우산도 없습니다
당신은 하늘을 우산으로 삼고
두 손을 그늘로 삼고 웃고 있군요.

당신의 들에서

당신의 들에서 숨을 쉽니다
항상 이 들이 자유를 줍니다
모든 옷을 벗기고
깊은 호흡을 하게 하는
당신의 들은
뜨거운 태양이라도 자유입니다
구름이 낮게 가라앉아
짙은 인상을 쓰는 날도
자유입니다
빗방울에 흠뻑 적셔도
충만한 자유입니다
진눈깨비 쏟아지는
저녁이면 더욱 짙은 자유입니다
바람이 풀 위에 세차게
내려앉아도
드센 자유입니다
내게 당신이 펼쳐놓은 이 들은
사랑이 충만한 자유입니다
당신의 내음이 편만히 배인
이 들은
자유한 바람과 비와 눈과
햇빛으로 익어가는 유화油畵
두 손 맞잡고
그려갈 사랑 깊은 약속이어라.

3부
은희가 부르는 자장가에는 안식이 없다

– 해체를 바라보는 애절한 시선

이소離巢

알에서 깨어난
나의 작은 새는
비바람 맞으면서
아름다운 날개를 펼칩니다
어미 새의 모진 바람은
퍼득이던 몸부림의
마지막 순간입니다
오랜 둥지를 떠날 때
푸른 창공이 열립니다
묵은 깃털들은
다 떨어내야 합니다
힘 붙은 날갯짓으로
하늘을 가르고
날아가는 것입니다
나의 작은 새야
나의 꿈과 소망은
너의 힘찬 날갯짓이다
뒤돌아보지 말아라
환한 미소를 지으며
너의 세상을 향해 날아가라
나의 사랑
나의 기쁨
나의 푸른 날개여!

몸
−"몸은 그 자체이다"메릴리 뽕쯔

당신은 즐거움을 넘어
하늘을 담고 있습니다
하늘을 담뿍 담고
땀을 흘립니다

당신만이 가진
하늘은
당신 속에서 빛으로
나타납니다

기름 빠진 배라고
웃을지언정

당신은
당신만이 가진
하늘이 있어요

당신의 몸에서
향긋한 내음이
나는 것은
비릿하고
음습한 내음이 아닌
유월절의 감람유 향입니다

당신만이 가진
향이 있습니다

당신의 몸에서
하늘을 향해 오르는 향입니다
당신의 몸은
하늘을 담고픈 욕망에
갈급합니다
당신의 몸과
하늘이 하나 될 때
세계가
당신 안에서 깨어납니다.

은희가 부르는 자장가에는 안식이 없다

은희야
네가 모든 애비는 의붓애비라고
울부짖을 때
너의 몸속에는
다른 피가 흐르고 있구나

은희야
너의 몸은
타인을 받아들이는
하수구가 아니다

은희야
하늘의 바람이
네 몸으로 들어와
하늘의 해맑은
미소로 너의 마음을
다독이려고 하는데
너의 마음이
모질게 울고 있구나

은희야
너의 노래에는,
그 자장가에는 안식이 없구나
이 땅의 모든 남자가
의붓애비라고
울부짖는데

하늘의 바람이
네 속에 들어와
너의 마음을 다독이며
하는 말이다
"그래
이리 온 내 딸아
아버지의 나라로 가자
아버지의 바다에 널
잠재워주마".

* 은희 - 여성시의 대표적인 작가 김언희를 편의상 은희라고 표현했다. 그의 작품
「아버지의 자장가」를 기독교적 시각으로 접근해 보려고 한 시이다.

가출

가을걷이에
섬섬이 모아 두었던
자루를 헤쳐 놓았더니
생명 알갱이들이
천지사방으로 흩어졌습니다

제각기 흩어지는 것이 살길로 알고
뛰쳐나갔습니다

흩어져야 생명이 발아되지요

단단한 아구의 힘도 풀어 놓아야
이놈 저놈 주린 배 채울 수
있지요

결속은 무의미합니다

흐드러진
자유

천지사방에 흐드러진 자유
만개된 우주의 흐드러진 생명
지루한 자루 속에서 해체된
우리의 자유.

귀향

흐르는 물속에
몸 담그면
넓디 넓은
고향 바다로 들어가지요
흐드러진 타이를 조여 매고
내 아버지 품에
안기는 날
고향을 등진 채
천지사방으로 흩어진 옷고름
조여 매고
태고의 품으로 돌아갑니다.

그 섬으로 돌아가지 않겠습니다

그 섬으로 돌아가지 않겠습니다
오라
오라
간절한 손짓이 있지만
가지 않겠습니다

나온 섬입니다

사방에 파도가
갈가리 찢어지고
바람이 바위에
튀어나가는 곳

가만히 있어도
밀려가고
밀려오고

소리들,
수많은 바람소리에
잠 못 이루는
그 섬에 돌아가지
않을 겁니다

발밑에는
독사와 구렁이가 웅크리고
있으며

하이에나가 먹거리를 찾아
휘돌아다니는 곳
온갖
해충이 피를 빨고
음흉한 풀들은 넝쿨이 되어
옥죄이는 곳
그 섬에는 가지 않겠습니다
섬 한가운데 산당을 세워 놓고
춤과 노래가
피와 함께 뒹구는 곳
그 섬에 들어가지 않겠습니다
낄낄거리는 수많은 웃음들이
칼이 되어 달려드는
그 섬에 들어가지 않겠습니다

산당에서 나온 선지자들이
손에 칼을 들고
마리오네트가 되어
피의 춤을 추며 노니는 곳
나는 그 섬에 돌아가지 않겠습니다

거룩한 사제의 옷을 입었으나
칼을 숨기고
얼굴에는 웃음을 지으나
눈에는 죽음의 빛이 가득한
바알세불의 선지자들이

노니는
그 섬으로 돌아가지 않겠습니다

어느날엔가
큰 배의 선장이 다가와
〈너희들 뭐하는 짓이냐?〉*라고
호통을 칠 때까지
그 섬에는 돌아가지 않을 겁니다.

* 윌리엄 골딩의 「파리대왕」의 마지막 대사

귓밥 후비기

깊고 어두움이 대지 위에 가라앉았습니다
모두 잠드는 안식의 시간입니다
풀벌레도 잠들었고, 마당의 개도 잠들었습니다
고요한 밤인데 귓속의 작은 알갱이들이
잠들지 않고 일어납니다
한낮에 들었던 소리들이 고체로 변했습니다
더 이상 소리가 아닌 것이 귓속에서 궁시렁거리며
서로 엉겨붙어 싸우고 있습니다
싸우는 고체들의 굉음에 우주가 벌떡 일어나 앉았습니다
소리가 하늘로 올라가지 못하고 귓속에
들어와 보금자리를 틀었습니다
밤이면 소리가 엉겨붙어 우주를 괴롭힙니다
어쩔 수 없이 미카엘이 칼로 찌르고
잘라내어 심판해야 합니다
응고된 소리를 파내야 합니다
잠시동안 하늘이 고요해지더니 비로소
새 하늘이, 새 땅이 이루어집니다.

개미귀신

엄마도 없어요
아빠도 없어요
얼굴은 찌그러졌어요

가지고 있는 것이라고는
쭈그러진 배
근처에 얼씬거리는 놈은
모두 먹잇감
조용히, 아주 조용히
저 하데스의 집에서
기다리면 돼
자그만, 아주 자그만
떨림도 징조
쉿,
온 것 같다
놈의 발뒤꿈치가
자꾸 자꾸 보인다
밑에서
부지런히 발바닥을 긁어줘
아래서 검은 미소를,
슬픈 미소를 지으며
나락으로 끌어내리면 돼
조금 뒤에 통통 부른
배를 두드리며
슬픈 미소를 지어
놈의 속만 파먹고

껍데기는 하데스에 던져 버려
흔적도 없이

엄마도 없어요
아빠도 없어요
어쩌다 생겨난 서글픔이라는
이름밖에는 몰라요.

고된 꿈으로부터의 도피

아내가 내 꿈을 꾸었단다
어느 날 초라한 집이 탐나
큰 몸집으로 그 집에 쑤시고 들어가
앉아 있으려 하니
그 집의 빈대들이 달려나와
물어뜯더란다
왕빈대는 음흉한 미소로 째려보고 있고
바람잡이 빈대가 나타나
어디 어디를 공략하라고 하니
졸개 빈대들이 구석구석에 달려들어
빨아대더란다
"당신 큰 몸집으로
왜 그리도 작은 집을 탐내는가?
빨리 그 집에서 튀어나오라"고
고함을 치니
아하, 그제야 다가온 자유
하늘이 파랗고 공기는 해맑다
꿈은 자유다
꿈은 희한한 계시다.

서평書評

두터운 목피木皮가 떨어져 나간 것이 설운 것이 아니다. 본디 떨어져 나가는 것이 목피이니까 정작 무섭고 설운 것은 가지치기를 당하는 것이다. 나름대로 아름답다고 자태를 뽐내던 오래된 가지를 찍어 불에 던지는 것, 차마 붙들 수 없는 냉혹한 정원사의 눈동자가 무섭다. 지나온 삶을 포기해야 새순이 돋기에 작은 펜 끝에 살기와 광기가 어울려 마구 찔러댄다. 찔러댄다.

중심中心의 생각生覺

먹어도 배부르지 않다
입어도 멋지지 않다
중심이 없다
그 깊이에 생각이 없다
우주를 떠받치고 있는
기둥이 없다

내 중심이
맞닿아 있는 곳
그 중심의 생각이
떠받치고 있는 곳

생각生覺은 깊은데
오르지 못한다
오르지 못하니
닿는 곳이 없다

아래로
아래로
그 깊이로 파고드는 생각들

침침하고
울적하고
음습한 생각들

중심이 위로 향하지 못하는

깊은 생각은 하는데
높은 생각을 못 하는
내 중심의 공허함이여.

블랙홀에 빠져든 청개구리

푸르게 튀던 물방울 같은
아이
이곳저곳에 자유를
튀기던
남다른 억지
때로는 끈적이는 손으로 기어다니기도 하고
나무 위에서 뛰어내리던
다리
자맥질하며 멀리 머얼리
날아가던 나날들
비 오면 늪으로
맑으면 과수 꼭대기로
벌 나비 떼 쫓아다니던
푸른 물방울 하나
오늘은 깊은 블랙홀에
빠져들었습니다
보고파서 혼돈스럽습니다
보고파서 푸른 물방울이
검은 세계 속으로
이리저리 흩어집니다
검은 눈물이
개굴개굴 흘러갑니다.

서재에 빛이 들이칠 때

햇살이
서재 깊숙이 들이칩니다
사라졌던 지식들이
하나둘 드러납니다

우리는 새것에 대한 목마름이
컸습니다
지금 옛 지식이 그리운 것은
햇살이 들어서가 아닙니다
내 뿌리에 대한 갈망 때문입니다
빛의 뿌리를 알고 싶은 것입니다
미래의 뿌리를 알고 싶은 것입니다
서재에 박혀 있는 뿌리를 캐내어
갈망하는 영혼들에게 보이고 싶습니다.

어두움 속으로 걸어 갑니다

깊고 깊은 밤
아무도 걷지 않는
어두움 속을 걸어갔습니다
거치는 것은 없지만
보이는 것도 없습니다
한 걸음 한 걸음
일렁이는 검은 유령들이
다가오고 있습니다
겁 없이 내딛고
한 자락 웃음을 남겨놓습니다
팔다리에 엉겨오는
깊은 밤의 공기가
두렵지 않습니다
어둠 속에 던져진 존재는
한 걸음 한 걸음 걸으며
익숙한 몸짓을 합니다
깊고 깊은 밤에는
시그널이 충만합니다
모두에게
다가갈 수 있을 것 같은데
허용하지 않는 풍만한 시그널
어두움은 모든 것이 잡힐 것 같으나
결코 잡지 못하는
충만한 시그널입니다
깊어질수록
밤공기는 한껏 마셔도

산소가 되지 않는
어두운 목마름입니다
깊고 깊은 밤
가다가다 우주 끝
저 어두움의 끝자락에서 터오는 자그만 응답에
귀 기울이며
일렁이는 검은 유령들을
뿌리치고
그대에게 향할 것입니다.

도시의 서정

바람이 빌딩 사이로 밀려옵니다
어디서 불어오는지 알 수 없는 생명입니다
보도블럭 사이에는 알 수 없는 싹이 오릅니다
관심은 없습니다
무표정만 있습니다
분주한 발걸음뿐입니다
누구 하나 애정깊은 눈길이 없습니다
핸드폰으로 들려오는 쇼팽의 폴로네이즈는
우주에서 들려오는
낯선 신호음입니다
꿈꾸듯 번쩍이는 LED 불빛 아래로
급한 배변을 위한
분주함만 있습니다
의미를 잿빛으로 만드는
거리의 연등
사이비 전도지로 충만한
중심부의 역에서는
억지부리는 여인네와
그들을 마주치려 하지 않는
귀찮은 신사들
점괘를 들이미는 할아버지와
운명을 논하는 나이 많은 처녀들
사회변혁을 외치는 노란 물결과
정복을 위한 빨간 물결과
움직이지 않으면서 자유를 논하는 파란 물결이
넘실거리지만 생명 없는 빌딩과 빌딩 사이,

이 거리에
이 거리에
다메섹을 다녀온 사람은 어디 있는가
다메섹을 다녀온 사람은 어디 있는가.

검은 해일

검은 해일이
심해의 먼지를 몰고
달려들었습니다
어찌할 수 없는 미물들의 손사래만
힘겹게 흔들립니다

둑을 넘어 들어오는
검은 해일 앞에
버스도, 비행기도, 집도
밀려갑니다

친구도, 부모도, 처자도
모든 사물들이
밀려갑니다

미움도, 시기도
땅속으로 꺼져 내려갑니다

검은 해일에 떠밀려갑니다

이 작고 아름다운 세상에
일어나는 거친 마음을
검은 해일이 떠밀고 가
땅속에 밀어 넣었습니다

삼키는 땅도 울고

밀어내는 바다도 울고
산지도 울었습니다

검은 해일에 떠밀려.

비가 되어 온

우주 끝으로 달려 나갔던
지상의 눈물들이
조바꿈을 하여 돌아왔습니다
단조에서 여리디여린 음색으로
다가왔습니다
화려한 색조를 거부하였다고
슬픔은 아닙니다
아주 오래된 친구가
우주 끝에서 달려와
모두를 적시어 주는
깊은 포옹을 하였습니다
울지 말라고
대신 울었다고
고즈넉한 가슴으로 내려앉았습니다.

노송이 없어졌다

근육질의 앞산 등강이에서 노송 몇 그루가 마을을 내려다보고 있었다 산 아래 짓궂은 개구쟁이들은 산 등강이와 파아란 하늘이 맞닿는 중간 지대에 서 있는 노송들이 펼치는 여백과 변화를 보며 눈그림을 그렸다. 실루엣과 고저의 조화를 마음으로 받으며 비바람과 천둥과 벼락이 노송 위로 떨어질 때 우주에서 일어나는 천사와 마귀의 전쟁을 그려 넣고, 별들과 별들의 전쟁을 그려넣기도 했다. 해맑은 달이 노송 위에 걸터앉아 숨 고르기를 할 때 별들의 춤과 해들의 춤과 은하의 따스한 미소를 그려 넣었다. 우중충한 날, 구름이 급히 노송 위를 지나갈 때 지상에서 일어나는 일들의 그림을 그려 넣었다. 땡크와 총부리와 남녀와 노소와 가보지 못한 서울의 빌딩들을 그렸다. 바람 한 점 없는 날, 그저 비만 무겁게 내리는 날에는 심해의 고래와 조개들의 숨소리를 그려 넣기도 했다. 구레나룻에 잔설이 내릴 때 아이들은 문득 노송이 없어졌다는 사실을 발견했다. 근육질의 산세와 세월이 덤불이 되어 밋밋한 비만의 산과 맞닥뜨리게 되었다. 노송 밑에 있던 어린 나무들이 자라서 산의 근육을 덮은 것일까, 아닐 것이다. 서러움도 기쁨도 함께 묻혀 버려서 가까이 있는 사실은 뵈이지 않고 그저 머얼리 밋밋하게 보이는 노안老眼일 것이다. 노송이 뵈지 않으니 그림이 그려지지 않는다, 노안이다. 노안.

깊고 깊은 밤

깊고 깊은 밤
소리쳐 소리쳐
이름을 불러 보아도
아무런 대답이 없습니다
당신의 이름은 세상의 전부입니다
깊은 밤에 부르짖는
소리엔 대답이 없습니다
모든 시그널이 충만한데
대답이 없습니다
깊고 깊은 밤에
모든 소통이 가능한 밤에
영혼으로 부르짖는
이름인데도
거부하는 어두움뿐입니다
도둑고양이가 내 어두움마저 빼앗아 가는
시간인데도
당신은 대답이 없습니다
사랑의 부재不在라고
이제는 돌아서는 길 밖에 없는가
어둠이 뭉쳐 떨어지는 눈물방울이
가슴으로 가슴으로 쏟아지고
깊은 안개 속에
점멸등은 의식마저 가물거리는데
당신은 대답이 없습니다
이 어둠은 물러갈 태세를 보이지 않습니다
당신이 대답하는 그 시간까지

버티고 설 다리의 힘도
서서히 빠져가고 있습니다
당신은 그래도 나의 전부입니다
당신이 영원히 대답하지 않는다 해도
당신은 나의 전부입니다.

시간에게

난
시간을 부정하고 싶다
내가 움켜쥔 시간이
해를 따라갈 때마다
당신에게
해줄 수 있는 일들이
줄어들기 때문에
아쉬워진다

난
시간을 멈추고 싶다
분주히 다니는 거리의
숨소리 앞에
당신과 함께 하는 일들이
적은 것에 대하여
설움이 일고 있다

난
시간을 되돌리고 싶다
꽃들이 피고 지는 들녘에 서면
후조들이 공중으로 떠오르고
남아 있는 한 마리의
날지 못하는 떨어진 바람
당신에게 끝없이 같이 하고픈
동행의 시간을 되돌리고 싶다.

가지 않기로 한 길

가지 않기로
마음먹은 길이 있습니다
멀리 돌아가려고 합니다
마음은 그곳을 향해
달려가지만
가지 않기로 했습니다
많이 걸은 길
많이 멈춘 길
오래 기다린 길입니다
이제는 그렇게 하지 않기로
했습니다
누군가 기다리는 것도 아닙니다
폐허가 된 집들
석고가 된 사람들
잡초가 돋고
가면 갈수록 마음이 쓰여,
마음이 쓰여
가지 않기로 했습니다
뒤돌아보지 않고
지나치기로 했습니다
어차피
깨어진 꿈
추스릴 수 없는
시간時間들입니다.

오수의 유혹

오수의 유혹이 깊게 엄습합니다
마냥 따라갈 수 없는 유혹의 손길이
게으른 목을 조르며 달려듭니다
잠들지 말자
잠들지 말자
외치고 다짐하건만
이 질긴 유혹을 뿌리치기 어렵습니다
깨어있어야 한다
깨어있어야 한다
소리치지만 천근의 무게로 누르며
다가오는 중압감을 버틸 의지도
능력도 고갈이 되었습니다
깊은 혼돈과 갈등의 연속 속에
깊은 수렁으로 끌려 들어가는 영혼은
이 달콤한 유혹을 벗어날 길이 없습니다
유혹에 빠진다고
누가 나무랄 일도 아닙니다
심판받을 일도 아닙니다
마냥 외면할 수 없는
오수의 초청 앞에
달콤한 갈등과 따사로운 죄책감만이
문제입니다.

도회의 빗방울이 싫다

바람이 몰려드는 도회의 낯선 거리에 후둑거리는 소리가 행인의 발걸음을 재촉합니다. 사람들은 빗방울 하나라도 맞지 않으려고 달립니다. 비가 오면 도회는 낭만이 사라집니다. 모두 피하려고만 합니다. 몸으로 맞는 고향비와는 사뭇 다릅니다. 남의 눈물을 담은 비, 남의 한숨을 담은 비, 남의 설움을 담은 비, 남의 죄를 담은 비, 도회의 진분을 끌어안는 빗방울이 싫은 것입니다. 정말, 싫은 것입니다. 빗방울은 다 끌어안고 지상에 눈물되어 쏟아지지만, 그냥 나와 상관없는 일이고 혹이라도 내게 그 진분이 묻어날까봐 싫은 것입니다. 그냥 모른 척하고 지나가세요. 무슨 상관이세요, 남의 일이잖아요. 아, 비 오는 날은 짜증이 나요, 나와 상관이 없는 일인데요. 나와는 아무런 상관이 없는 일인데도요. 왜 남의 진분까지 끌어안고 뒤엉켜 남의 눈앞에서 나뒹구는지 이해가 되지 않거든요. 나더러 어떻게 하라는 건지 모르겠어요. 정말.

4부
빛의 족적

– 작은 공동체를 바라보는 애절한 시선

빛의 족적足跡

굽이치는 산등성 너머
골짜기 골짜기에는
빚이 흘린 핏방울이
떨어질 때마다
샘이 터졌다
빛이 죽어야 터지는 샘이었다
황토빛 짙은 핏냄새
님이 밟고 오시라
터지지 않도록
방울 방울 방울
징검다리 놓아 주시네

달빛 은연한 바닷가
질뚝질뚝 노모 엎고
짭짤한 땀 내음 찌든
자식새끼들
굴비 엮듯 손에 손잡고
천국 가는 모래사장
굽이굽이 빠지는
갯벌에 빚들이 걸어간다
십여 리 길은 수만 수억의
질긴 시간으로 꼬이고

휘어지고 굽어져
스올로 내려가는 일이오나
빚은 한 길,

휘어질 수 없고 굽어질 수 없어
직진直進 밖에는 도리 없네
등에 죽창이 꽂히면
빛은 핏줄기 되어
모래 위에 흩뿌려지고
바람 소리,
별빛 소리,
달빛 소리,
피 토하는 소쩍새 소리,
철벅이는 갯강소리는
모두 숨죽이고 땅에 빛을 꽂는
핏소리를 듣는다

황산뻘 끝자락 언덕
뾰족 첨탑 종소리
외마디로 번져나갈 때
핏덩이 젖 물리고
아가, 내 아가, 내 귀여운 아가
울지 말고 조금만 기다려라
우리가 기다리는 님
우리를 기다리는 님이
이곳에 와서 우리를 안아 주신단다
아가, 내 아가, 내 귀여운 아가가
스올같은 구덩이로 내려꽂힐 때
작은 아기빛은 황산뻘 멀리 멀리
번져나가고

쇠스랑 삼지창이
진흙덩이 후려치듯
엄마 머리에 붉은 백합화를 피울 때
아가, 아가, 내 아가, 내 귀여운 아가,
천국의 예쁘디예쁜 꽃으로
피어오르거라
종소리 타고
아기 바친 엄마의 피 묻은 찬송이
계룡산등으로
황산뻘로
금강으로 번져 나가네

철장에 가두고 가리워도
가릴 수 없고 가둘 수 없는
아,
거부할수록
님 향한 순응의 빛살은
철장을 부수네

긴 남도 삼백 리 길 언저리
숨어 찬송, 숨어 기도 속에
들이닥친 군홧발
피는 튀겨나가 떨어지는 곳마다
샘을 터뜨렸다

간장독 터지듯 검붉은 피가

대지에 흩뿌려질 때
밝디 밝은 빛은 하늘로 세워졌다

굶주려 죽는 어린 누이 동생
왜놈 거친 숨을 달래려 끌려나간 누님,
버거운 눈물을 머금고
강단을 지키려 하는 외로운 목사
붉은 깃발이 강산을 뒤덮을 때
피 묻은 책
한 손에 들고
거리를 활보하는 그대의 눈빛은
가장 선명한 태양이었다

절개와 곤조를 지닌 뼈대가
너무 강하여
철책 너머로 끌고가 버렸다
장소도 모른다
시간도 모른다
그 드센 불꽃을 꺼버리고자
어느 산야에서
그의 숨통을 끊었으나
그 불꽃은 명예롭게 타올라
성결한 이름으로 남아 있다,

저 산중에 홀로 우는 멧비둘기는
적막한 산야에 묻힌 백골의 찬송이런가

짙게 피어난 저 언덕의 진달래는
바래지 않은 사랑의 언약이었던가

골마다 언덕마다 높이 세워진
십자가는 님들의 문장이런가

저 어두운 하늘,
저 어두운 북녘에는
자유한 바람들만 넘나드는데,
빛은 밟아도 빛,
가려도 빛,
매달아도 빛
때려도 때려도 분산하는 빛이어라
아,
빛의 족적이여.

백 년 동안의 고독이었다

백 년 동안의 고독이었다
볼품없다고,
나사렛에서 무슨 선한 것이 나오냐고,
건방지다고,
곧은 목을 꺾지 않는다고
시끄럽다고,
직장에서 몰아내고,
철장에 가두고,
거리에 내몰고,
아예 문을 잠가 버렸었다

굽이굽이 돌아가는 역사에는
무서리 비바람에 찢기고 할퀸
깊이 패인 생채기들,
그 깊은 백 년간의 고독

아, 백 년 고독의 목적어는
돼지 꼬리가 아니었다*

그 모진 구박과 박대 속에서
내성이 쌓이고
저항력이 쌓였다

이제 불어라
더 푸른 빛으로
더 희디힌 꽃말로

그대 앞에 서리라

터널 끝에 있는
목적어
백 년이 지나며
주어가 될 터이다

고난의 테네브레아 뒤에**
부활의 송가가 울러 퍼질 터이다

백 년의 바람은 끊이지 않고
몰려와
거대한 폭풍우로 변해간다

백 년간 아무도 거들떠보지 않던
황량한 들녘에는
거대한 나무 한 그루
우뚝 솟아 응시하고 있는데.

* 가브리엘 G 마르께스의 『백 년 동안의 고독』에서 애정이 결여된 부엔디아 집안의
  역사가 백 년이 흐른 뒤, 처음으로 애정에 의해 태어난 아이가 아우렐리아노인데
  불행하게도 근친상간에 의한 애정이었기에 돼지꼬리를 달고 태어나 결국 부엔디
  안 집안의 백 년 동안의 고독의 역사는 막을 내린다는 소설

** 고난의 찬미
   마 26:30 "이에 저희가 찬미하고 감람산으로 나아가니라"

모교의 깊은 밤이 그립습니다

모교의 깊은 밤이 그립습니다
낯선 산과 흙 내음이,
이름 모를 풀벌레 소리가,
도회의 변방에 밀려 있음을
알려 줄 즈음
비로소
우리는 우리의 운명에 대하여
심각해지기 시작했지요
남들이 가지 않는 길을
선택한 낯선 사람들이
낯선 신학 언어에 매달려
생존할 수 있을까
밤새 바둥거렸습니다
기숙사의 깊은 밤에
재봉형님은
웨슬레의 은총론을
용표형제는
깔뱅의 예정론을
옆방의 수은 형님은
칼 바르트의 말씀의 신학을
윗방 후배 인교는
틸리히의 상관적 방법론을
밤늦게
눈이 벌개 들어와
"민중 속에 성육신해야 한다"고
머리를 싸매며 고함치던

곤이 형님
기숙사 5층과 명헌기념관에서 들려오는
핏줄 터지는 애절한 득음의 몸부림에
만상이 함께 떨고 있을 즈음
뒷동산 깊은 밤에
울부짖는 소명자의 기도 소리가
외로운 짐승의 소리같이 들려오고
묵묵히 붉고 두꺼운 책을 넘기며
도수 높은 진리의 조탁이 멈추지 않는
도서관의 아스라한 불빛은 꺼지지 않고,
그 깊은 밤이 지나
교정을 떠날 즈음
디아스포라의 고독을 안고
불안에 떨며
머언 길 채비들을 하였습니다
외딴섬으로
산중으로
냉혹한 도회 속으로
바다 건너 먼 이국으로
형극의 길을 걸어 나갔습니다
외롭고 처절할 때마다
모교의 깊은 밤에
불 밝히던 형님, 아우의
열띤 진리의 향연을
늘 그리워하며
이겨 나왔습니다

그립습니다
보고 싶었습니다
이곳에 어둔 밤을 밝히던
그 옛날의 끈적한 정을 확인하며
우리가 남이 아님을
확인하러 왔습니다
그래야 다시 떠날 수 있기에
그래야 머언 길 떠날 용기가 있기에.

* 2006년 5월 29일 서울신학대학교총동문회 축시

삼인칭이 일인칭에게

길을 묻은 후대에게
붉은 피로 응답하였습니다

넉넉한 이 땅
황금이 된 이 땅을 밟는
백합의 후예는
녹색으로 죽어야 합니까?

살아있는 죽음으로,

삼인칭에서 일인칭으로
이끌린
진리의 길에서 머뭇거립니다

죽창보다 예리하고 화려한 옷으로
몽둥이보다 무자비한 맘모니즘으로
심장을 뚫었던 총알보다 강력한 문화충격으로
주먹질보다 격한 반정서로
선동보다 불안한 도심의 축제의 광기로

새로운 사형집행관이
늘어선 이 땅에

삼인칭이 되신 분들이
일인칭으로 가라고 말씀하시는군요

그대들은 새끼줄에 묶여 구덩이에
붉은 피가 간장처럼 검게
변색되기까지 가면서
자네들은 녹색 피를 뿌리라고 하시는군요
군화발로 짓밟힌 희디흰 백합이
붉은 수액을 뿌리며
자네들은 녹색 피를 뿌리라 하시는군요*

죽창에 몸통이 뚫리면서
사랑스럽게 해변가에 이름도 없이 누우며
자네들은 밟히더라도
명예를 꽃피우라고 하시는군요

굴비 엮이듯 자식새끼와 함께
달빛 처연한 대열에서
자네들도 대열에서 이탈하지 말라 하시는군요

삼지창으로 찍히고
곡괭이로 찍어내어
살점이 천지사방으로 튀어 나갈 때
자네들은 천지사방으로 님의 말씀을
살점처럼 나누라 하시는군요

붉디붉은 선혈을 대지에 쏟으며
온 대지에 나눌 피가
새로운 언약이라 하시는군요

삼인칭에서 일인칭으로 다가온
이 땅의 후배들에게
너도 이같이 하라고 하시는군요.

* 녹색 피는 313년 콘스탄틴 대제에 의해 기독교가 인정되자 기독교는 피흘리는 일
  이 없어지면서 세속화의 현상을 보였다. 이때 그레고리우스 1세(재위 590-604년)
  는 순교의 개념을 새롭게 재해석하면서 세상에서 그리스도의 정신으로, 순교정신
  으로 사는 삶을 녹색순교라고 정의하였다. 이는 일종의 시적 표현이다.

말씀으로 다시 일어나라

하늘이 펼쳐지고
대지大地에 만상萬象이 펼쳐진
태초太初의 잔치는 말씀의 능력이었습니다

환희의 말씀은
비손
기혼
힛데겔
유브라데의
대지를 적시는 강 근원을 뚫었습니다

그 순수한 능력이
빛을 만들고
나무와 새와 황금비늘로
번쩍이는 물고기,
꺼림 없는 벌거벗은 남녀의 누드화를 펼쳤습니다

살리는 말씀,
생기를 불어 넣어 생령을 만드는 말씀이
천지에 차고 넘쳤습니다
활력과 소망으로 가득찬 동산의 창설은
순수한 말씀의 능력이었습니다

허나
그곳에 다른 말이 들어오기 시작했습니다
시기와 질투와 분열의 말이

동산 중앙까지 들어왔습니다
빛의 동산은 어둠으로
탄식 소리로 가득찼습니다
아,
죽음입니다
모두 죽음으로 향했습니다
단절입니다
사랑의 왜곡입니다

추위가 엄습하는 12월 어느 날
순수한 말씀은
다시 동산을 회복하고자
지상에 내려왔습니다
잃은 빛의 동산을 회복하기 위함이었습니다

그 말씀이
우리에게 새로운 소리를 발하라고
새로운 말씀을 전하라고 명하셨습니다
순결하고 뜨거운
창조의 말씀을 전하라고 명하셨습니다

새로운 세계가 열립니다
끊겼던 강 근원이 열립니다
성결한 세상이 펼쳐집니다
가는 곳마다
생명이 일어나고

빛이 어둠을 대신하고
나무와 새와 황금비늘로
번쩍이는 물고기,
꺼림 없는 벌거벗은 남녀의 영혼들의 춤사위가
일어납니다
새로운 말씀을 전하는
그대들의 발걸음이
아
대지에 가득하도다.

십자가가 드리워졌습니다

마른장마가 지루하게
하루의 끝에 서 있습니다
내리는 것은 없고
가져가는 것은 목마름뿐입니다
수분이 없는 사랑에
갈증만 더 해집니다
저녁 햇살이 마지막 인사를
하려고 살포시 얼굴을 내밀 때
예배당 정원에 드리워진
십자가 그림자
동주님이 그리워했던
목마른 십자가가
처연히 내려앉았습니다
불편하기 이를 데 없는
사랑이라는 굴레로
두 팔을 길게 벌려
약빠른 미물들을
약빠른 미물들을
안으려 합니다
안으려 합니다.

떠나는 천사가

잘 있거라
짧은 시간
너희들에게 전해준
가장 큰 언약이
있었다

묵은 땅을 갈아엎을 때
해묵은 가지에
희디흰 꽃잎이 피어나고
감추어졌던 이야기들이
드러났다

하늘과 땅의 만남
아,
목자들아
나는 떠나지만
이 어둠이
밝아지던 시간들을
잊지 말라

내가
그대들에게 전해주는
마지막 언약은
사랑이었다

잘들 있거라

우리가
거기서 만나는 날
이 짧은 시간 동안
은은히 퍼져가는
종소리처럼
완성된 희망을
손잡고 노래하리라.

찬사 없는 헌신

찬사 없는 헌신이
비굴한 발걸음이 됩니다

밤새 퍼부은 봄비의
열정은
실상 무위로 끝났습니다

메마른 봄바람이
대지 위에 불어온다면
그냥 떠나는 것입니다

마다하지 않고
새로운 꿈을 꾸러 가는 것입니다

그대를 향한 사랑은 변함없습니다
그 누구도 개입해서는 안 됩니다
다만 그대만 알아주면 됩니다

찬사 없는 헌신이
비굴한 발걸음이 됩니다

그나마 다행입니다
새로운 땅
새로운 꿈을 간직한 것이.

제단에 엎드립니다

오래 시간 무릎 꿇고 있으면
제단 아래로부터
시커먼 짐승들이
기어 올라옵니다
두려움과 답답하여 멍든 눈망울로
올라옵니다
구덩이에 빠져 온갖 오물을 뒤집어
쓰고
메스꺼운 냄새를 피우며
스멀스멀 기어 올라옵니다
목자는 시커먼 짐승을 끌어안아 줍니다
비로소 아침 햇살이
그의 눈에 비출 때
영롱한 다이아몬드가 하염없이 떨어집니다.

사명자의 끝인사

잘들 있으세요
행복했습니다
바람 불고 눈보라 치는 날도 있었지만
아, 그래요
낭만이었습니다
당신들이 있었기에
하늘의 음성은 뜻이 있었고
신산한 일상은 충만으로 채워졌습니다

눈에 박힌 친근감이 없어지고
생소한 일상들이 갑자기 눈앞에
펼쳐진 것을 생각하니 두렵기도 합니다
바울이 예루살렘에서 무슨 일을 만날지
모른다 했습니다
어디 바울만의 심정이겠습니까
무릇 모든 사명자의 마음이지요
앞으로 무슨 일이 전개될지 모르는
막연한 불안감도 사명의 이름으로
누르고 부르심을 따르렵니다

당신들의 헌신 위에 내 몸을 전제로 드리는
시간이었습니다
행복한 시간은 끝나고
떠나야 하는 엄중함만 남았습니다

다함없이 그분을 사랑하세요

다함없이 우리에게 사랑을 주신
분이십니다

겸손히 섬기는 자가 승리자임을 아실
것입니다
겸손히 낮아지세요
그분처럼

아, 정말 바울처럼 이 말을 해야겠네요
"조심하세요"
탐욕과 명예와 게걸스러움으로
영혼을 지옥의 나락으로 떨어뜨리는
우리 안의 이리 말입니다
우리 안에 위장하고 들어앉은 이리가
있음을
알고 철저히 조심하세요
마무리하는 말입니다
서로 사랑하세요 사랑하면 된다고요
양들끼리 서로 사랑하라고요

잘들 있으세요
진리로 뭉쳐진 신비한 공동체들이여.

큰 나무 위에 달이 걸려 있다

아마존 강변 언덕엔
큰 나무 한 그루가 우뚝 솟아 있습니다

모진 태양열과 태풍 속에서도
흔들림 없이 굵어져 온 그대는
넓은 가슴으로 온갖 생명을
품고 있습니다

녹색앵무, 붉은 앵무, 잡빙, 빠빠가요앵무, 페리카트앵무
뱅치비, 아라라, 땅구지파라(탱고춤추는 새)와
가지가지에 수많은 난과 식물들을 얹혀살게 하고
개미집과 벌집을 가슴에 품고 있습니다

저녁에 밝은 달이 아마존 강으로부터 휘영청 떠오를 때
옛 인디오의 전설을 전해주는 새*가
노래하고 있습니다

아마존 구석구석에서 몰려오는 처녀들의 찬양과
노 젓는 소리들

아, 언덕의 교회에 불이 켜지고
달은 큰 나뭇가지에 걸려 있습니다.

---

* 아마존의 달과 관련된 전설
아마존에 밝은 달을 사랑하는 청년이 있었다.
하루는 고요한 아마존 강에 달이 너무도 밝게 비치고 있었다. 이 청년은 너무도 달
을 사랑한 나머지 아마존 강으로 뛰어들어 그 달을 안으려 하였다. 그러나 이 청년
은 그만 죽고 말았다. 하나님은 그 청년을 안아 달에게 안겨 주었다. 이 청년이 새로
변하였다. 그래서 달만 밝으면 우는 새가 되었다. 그 새가 달만 밝으면 울고 있다.

아우타즈미링의 목사

유유히 흘러가는 아마존 강변 언덕에
아름다운 교회가 알 수 없는 강을
내려다보고 있습니다

깊이도, 넓이도, 알 수 없는 강

주일마다 몰려오는 인디오들의
노래 실은 배를 내려다보는
목사는 그들의 애환을 가슴으로
맞이하고 있습니다

저네들의 마음 속에
알 수 없는 이야기들이
가득하지만
사랑 깊은 눈동자로 그들을 내려다보고 있습니다

자신의 구레나룻이 희어지고
가슴에 숭숭 뚫린 작살구멍*이 깊어지고
평생 같이한 아내는 그 구멍을 메우다
지쳐 누워 있습니다

말 없는 그대의 가슴속에는
악몽같은 아마존 강물이 흘러가고 있지만

사랑 깊은 눈동자로
인디오들의 노래 실은 배를 내려다보고 있습니다.

* 작살구멍: 아마존에서는 전통적으로 악어를 사냥할 때 긴 작살을 사용합니다.

클라우디오 호벨도

아마존 강 언덕에 서 있는 목사님은
깊이도, 넓이도 알 수 없는 강을 향하여
매일매일 지팡이를 내려칩니다

그대 뒤에는 깊이도, 넓이도 알 수 없는
아마존 강을 건너야 할 사람들이
떼 지어 있기 때문입니다.

아마존 강변에서

머얼리 밀림 너머로부터
희뿌연 빗줄기들이
생명을 몰고 옵니다
카누들은 생명을 싣고
언덕의 교회로 모여옵니다
작은 아이들의 찬양과
처녀들의 찬양
트럼펫의 찬양이 울려 퍼지면
아마존의 물결이 춤을 춥니다
태초부터 있었던 찬양이
잠을 깨어 일어납니다
오랜 세월
영매靈媒의 권력 아래서
숨죽여 살던
숲속의 인디오들의 숨결이
비로소 살리는 영靈으로
춤을 춥니다
십자가의 사랑으로 가득한
언덕의 교회에
부활의 찬양이 울려퍼지고
그리스도의 영이
빗소리보다 강하게
바람처럼 밀려옵니다
새로운 바람으로
살리는 바람으로.

아마존 석양에 부르는 노래

달려가고 싶습니다
지구 끝, 반대편에서
아마존 강변 언덕에
넓은 가슴으로 천국을 이룬
예배당으로 달려가고 싶습니다

뜨거운 태양을 지으시고
강 끝 숲에서 청명한 달을
떠오르게 하시고
정원에 온갖 새를 품에 안은
거목巨木을 세워놓으시고
눈이 맑고 마음이 따스한
사람을 새롭게 지어놓으시고
앵무와 이름 모를 새들로
함께 노래하게 하신

천국 정원을 옮겨 놓은 곳
지금 그곳의 석양 속에서
찬양을 들으실 당신의 마당으로

한 걸음, 한 걸음 내딛습니다.

사모하는 마음

하늘을 바라보면
차디찬 공간에
흩날리는 눈발들이
어디로 발을 내디뎌야 할지
방황하고 있습니다
마땅히 내리고 싶은 곳이
없어서인지는 모르겠습니다

찬 마룻바닥에서
두 눈으로 하늘을 우러르면서
우리들 마음속에
그 눈이라도 내렸으면 하는
바람이 있습니다

사모하는 마음입니다

신년의 은혜를 사모하여
이곳에 모인 무리들 위로
흰 눈보다 더 희게
양털보다 더 희게
사죄의 은혜와
포근히 감싸안는
사랑의 성령을
우리들 마음속에 내려 주소서.

정초의 해가 떠오를 때

햇살을 뿌리는 아침이
들녘 끝 산자락에서
새벽안개 젖히고 내려옵니다
머언 아라랏의 기상이
방주의 뚜껑을 힘껏 열어 제치던
날
묵혔던 내음 대지 위로 날려 보내고
하산하던 생명들의 숨소리
떠났던
디아스포라들의 고개가
성전을 향하는
신년의 다짐들
이곳에
지리한 어둠을 몰아내고
신화를 재해석하는 날
찬란한 기적을 대망하는 날
성전에 가득한 주의 신의 임재를 경험하는 날
정초의 해는 떠올랐습니다
머언 여정이 시작되는 이 날에
바리바리 싸주신 은총들이 넘칩니다
단을 쌓는 곳마다
흥건히 젖는 기름 부으심으로
내 잔이 넘칩니다
부르신 뜻 받잡아
힘차게 내딛는 발걸음마다
햇살이 퍼지게 하소서
퍼지게 하소서.

요나단은 어디에 있는가

난 호올로 다녔다
시므이가 돌아다니며
침을 흘리며 물을 흐리고 있었다
압살롬 한 마리 성루에 앉아
잔잔한 미소를 띄울 때
백성들은 그 웃음에 홀려 있었다
난 호올로 다녔다
기드론 시내를 울며 건널 때
하늘은 어두웠다
아무도 곁에 있으려 하지 않았다
아무도 곁에 있으려 하지 않았다
그 많던 충신들은 다 어디로 가고
흔들리는 마른 잎사귀뿐이었다
아,
요나단!
넌 어디 갔느냐
요나단
요나단……
수많다던 요나단은 어디 갔느냐
아!
요나단.

신년의 은혜를

물이 걷히는 날입니다*
깊은 심연에 잠자던 태양이
비로서 그 뜨거운 몸체를
대지 위에 뿌리는 날입니다

모든 거적을 거두고
기지개를 펴며
산 위에 서는 날입니다
새날이 열리는 날입니다

온 가족이
방주에서 나와 돌을 취하여
제단을 쌓는 날입니다
하늘을 향하여
두 손을 벌리고
마음껏 소리를 발하는 날입니다

함께 두 팔을 벌립시다
위로부터 쏟아져 내리는
빛살들이 추위를 몰아냅니다
은총이 깊은 아침에
마음을 엽니다.

*창세기 8:13-14
 육백일 년 정월 곧 그 달 일일에 지면에 물이 걷힌지라 노아가 방주 뚜껑을 제치고
본즉 지면에 물이 걷혔더니

154

꽃피는 계절의 서설瑞雪

대지에는
꽃방울들이
자신들의 세상을 터뜨리려
대기 중입니다
떠나는 노인네 머리 위로
이 꽃피는 계절에
서설이 흩날리는
아, 역설의 순간을
즐기고 있습니다
떠나고 새로 맞고
끊어지고 이어지는 순간을
가고 오고
오고 가고
바톤터치를 대기大氣는
즐기고 있습니다
노인네는
머언 뒤안길로 가시는데
젊은이는 강한 다리로
따라갑니다
내게 주어진 일을
다하였다고 떠나갈 제
새로운 일을 하여야겠다고
따라가는 젊은이는
백발을 향하여
고개를 숙입니다.

* 서상일 목사님 은퇴식에 참여하고

삶과 믿음의 길목에서 얻은 시인의 보석

— 신영춘 시집 『빛의 족적』에 붙여

김종회(문학평론가, 한국디지털문인협회 회장)

삶과 믿음의 길목에서 얻은 시인의 보석
― 신영춘 시집 『빛의 족적』에 붙여

김종회(문학평론가, 한국디지털문인협회 회장)

1. 목회자이자 시인의 네 번째 시집

신영춘 시인은 강원도 인제 출생으로, 서울신학대학교에서 성서신학으로 박사학위를 받았다. 기독교대한성결교회 역사편찬위원장이며 《기독교헤럴드》 편집인이기도 하다. 그가 시무하는 천광교회는 인천시 동구에 있고, 그는 신실하고 은혜 넘치는 목회자로 정평이 있다. 이제까지 바쁜 목양의 발걸음 가운데서도 『들꽃 소담한 고향길』·『하늘을 여는 빗소리』·『동해안을 따라가는 길』 등 세 권의 시집을 상재上梓했으며, 학술서적 『탄식과 구원의 메타포』와 설교집 『성결의 문턱에서』·『하나님의 견인줄』 등을 펴낸 바 있다. 그러므로 이번의 시집 『빛의 족적』은 시집으로서는 네 번째이며, 저서로는 일곱 번째가 된다. 참 부지런한 문필가의 면모가 아닐 수 없다.

시집의 서두 「시인의 말」에서, 시인은 유달리 '애절함'이란 언사를 강조했다. 자연에 대하여, 사람에 대하여, 동시대의 문예사조에 대하여, 그리고 자신이 속한 신앙공동체에 대하여, 시인은 끊임없이 애절한 눈빛과 표정을 그치지 않았다. 그것은 곧 성경의 언어로 긍휼이며 유가儒家의 언어로 측은지심이며, 시적 언어로는 대상에 대한 연민으로 해석할 수 있을 것이다. 그도 그럴 것이 이 시집이 발간되는 과정에 '사막'을 만났고, 진심갈력盡心竭力으로 우물을 파는 심정이 시집의 생산에 역할을 했다는 터이니, 시인의 애절함이 폭넓고 또 웅숭깊을 수밖에 없다. 그러나 궁극에 있어 시인은 이 시의 우물에서 샘이 솟아나 목마른 나그네의 목을 축이기를 소망한다. 이 지점은 일반적인 시인과 목회자 시인의 입지가 분명하게 구별되는, 긍정적이고 순방향인 의도를 함축한다.

이 시집은 모두 4부로 구성되어 있고 각기의 부는 자연에 대한, 사람들에 대한, 해체를 보는, 작은 공동체를 바라보는, '애절한 시선'이란 부제가 붙어 있다. 시인 자신이 이번 시집의 내면세계를 이미 명료하게 정돈하고 변별적 의미망을 부가했다는 뜻이다. 특히 시집의 제목이 '빛의 족적'인 것은, 삶과 믿음의 길에서 기독교 신앙의 빛이 남긴 발자국을 충일하게 따라가겠다는 의지의 표방과도 같다. 그런 만큼 이 시집에 동원된 수사修辭와 표현방식이 어떠하다 할지라도, 시의 궁극적 지향점은 믿음의 광원光源이요 그것이 세상과 사람들에게 대가 없는 은혜를 공여하는 데 있다. 미상불 이는 신앙인의 시가 가진 특장이요 미덕이라 할 것이다.

2. 사물의 본성을 통찰하는 시의 눈

시인은 다른 사람들과 달리 세상과 사물을 좀 더 색다르게 보는 이다. 프랑스의 시인 아르튀르 랭보가 말한 견자見者, Le Voyant는 '보이지 않는 것을 보는 자'라는 뜻이다. 1부에 실린 시들은 이와 같은 시인의 심미안審美眼을 활달하게 운용하면서, 특히 삶의 주변에

임립林立한 사물들을 통찰하고 있다. 그리하여 그 대상을 관찰하는 범주를 한껏 개방해 놓고, 사물의 본성과 더불어 그것이 우리의 내면에 작동하는 상관성을 깊이 있게 살펴본다. 견자로서의 시인이 소중하게 받아들이는 것은, 사물의 크고 화려한 면모가 아니다. 소박하고 조촐하지만 품격있는 물성物性에의 인식이 그에게 시의 산출을 허여한다. 이는 1부의 제목을 '작고 아름다운 세상'이라 명명命名한 이유이기도 하다.

> 아무도 거들떠보지 않는 / 산촌의 창을 열면 / 고요히 떠오르는 동천의 빛이여 / 그대에게서 무한을 꿈꾸며 / 하늘의 음성에 귀를 기울입니다
>
> > ─「사랑의 뿌리」

시인이 '뿌리 깊은 사랑'을 감각 하는 시적 방식이다. 그는 '산촌의 창'을 열고 만나는 '동천의 빛'에서 '하늘의 음성'을 듣는다. 자연의 경관에서 체득하는 사랑의 힘은, 바라보는 자의 '언 가슴'이나 '빈 가슴'을 치유하는 활력이 된다. 이때의 사랑은, 시인에게 있어 믿음의 또 다른 이름이다.

> 고요히 황산 뜰에 내려앉은 / 노을 속에는 / 가을에서 겨울로 가는 / 투명한 설움이 담겨 있습니다
>
> > ─「가을 저녁은 2」

시인은 가을 저녁이라는 시간적 환경 속에서 풍요한 색상으로 덧칠된 대지의 공간적 무대 위에 서 있다. 계절의 변환을 온몸으로 마주하며, '조용히 홀로됨'의 의미를 반추한다. 그 가운데 담긴 '투명한 설움'은 맑고 처연하며 아름다운 감정이다. 계절이 변환하는 한순간이, 이처럼 시적이기는 쉬운 일이 아니다.

나무 옆에 섰던 / 아이는 / 한 사람 / 또 한 사람 / 흙에 누울 때
/ 비로소 어른이 됩니다.

-「다 자란 나무」

'다 자란 나무'라는 레토릭은 결코 관찰의 대상인 사물로서의 나
무만을 지칭하지 않는다. 시인은 나무처럼, 또는 나무 옆에 섰던 아
이이자 그가 성장한 어른의 모습을 함께 시의 문면文面에 떠올린다.
나무는 말없이 값있는 교훈을 전한다. 아이가 어른이 되는 수많은
경과 중에서도, 이 소멸과 재생의 방정식은 특히 흥미롭다.

어두움 너머에서 / 불그레한 불빛이 들녘을 지나 / 손짓을 합
니다

-「들녘 끝에는 불빛이 있다」

시인은 매우 단정적으로 '들녘 끝에는 불빛이 있다'고 언표言表
한다. 그 불빛의 손짓은 참기 어려운 내면의 그리움을 촉발한다. 그
것은 '당신'이 있기 때문인데, 이때 그 존재는 다의적이고 중층적인
뜻을 가졌다. 이 모든 자연경관이나 현상은, 사물의 본질과 시인의
심상을 하나의 연관관계로 이어준다. 여기에 개재介在된 애절함이,
이를테면 하나의 촉매제로 기능하는 것이다.

3. 인간사의 애절함과 시적 형상력

생물학적 의미의 인간은 직립 보행을 하며, 사고와 언어 능력을
바탕으로 문명과 사회를 이루고 사는 고등 동물을 일컫는다. 그리
고 사상과 철학적 차원의 인간은, 그 됨됨이와 사람다움이 어떤 정
신적 가치와 보람을 가졌는가에 대한 탐색 대상이다. 더 나아가 종
교적 관점의 인간은, 본래의 유한성을 넘어 영적 범주에까지 확장

된 존재로 신과의 교감을 상정할 수 있게 된다. '인간에 대한 애절한 시선'을 표방한 이 시집 2부의 시들은, 앞서 언급한 두 번째 단계와 세 번째 단계에 걸쳐져 있는 인간관을 반영한다. 더불어 이를 이성적 논리적 차원에서가 아니라, 감성적 정동的情動的 차원에서 노래한다. 애절함이란 감정의 모티브를 담은 시들이 여기에 소환되는 이유다.

> 문지방을 다리 사이에 넣고 / 살아왔습니다 / 한 다리는 밖에 /
> 한 다리는 방에
>
> －「문지방」

문지방은 두 문설주 아래에 가로로 댄 나무다. 우리는 이 문지방을 넘어 방 안으로 들어가고 또 방 밖으로 나온다. 문제는 인용의 시에서 표현된 문지방이 그와 같은 사물의 안팎 구분에 머물지 않고, 인간사의 온갖 곡절과 고뇌의 갈림길이라는데 있다. 시인은 이를 통해 삶과 죽음의 경계 앞에 선 인간의 내면적 동통疼痛을 계량했다.

> 새벽 예배당이 언덕에 / 덩그러니 서 있습니다 / 잠든 땅에 십
> 자가 하나 / 머리에 이고 서 있습니다
>
> －「덩그러니 1」

사실은 새벽 예배당이 언덕에 '덩그러니' 서 있는 것이 아니라, 언덕에 서 있는 예배당에 새벽이 이른 것이다. 이 순서를 전도顚倒하여 쓸 수 있는 것이 시적 문법이다. 시인이 보기에 잠든 땅에 십자가 하나 이고 있다면, 그 땅의 사람들과 신앙의 실천에 관한 묵언의 발화에 해당한다. 거기에 하고 많은 꿈과 탄식, 숙제와 기다림 등을 한꺼번에 포괄하는 시다.

가물거리는 호숫가의 달과 별 / 사람들이 수면 위로 어른거린
다 / 예전에 사랑했던 연인이 / 호수 위에서 달과 함께 춤을 춘다
– 「시골광인 2」

가물거리는 호수가 있고, 달과 별과 사람들이 수면 위에 어른거
린다. '시골 광인'이란 제목을 달아서 쓴 연작시의 하나이니, 이때의
호수는 정서적으로 통제가 되지 않는 세상을 형상화한 무대다. '예
전에 사랑했던 연인'이 춤을 추고 있는 것은, 이제껏 경험해 온 숱
한 세상살이와 그 사연들의 그림자로 여겨진다. 이 시인이 사람에
대한 애절함을 드러내는 시적 변용 사례의 하나다.

많이도 휘어진 길입니다 / 여러 갈래의 길을 걸어왔습니다 /
애초에 걷기로 한 길은 / 한 길이었습니다 / 사랑하며 / 한 길만을
걷기로 하였습니다
– 「뒤돌아 본 길」

길은 그동안 참으로 많은 이름있는 시의 소재가 되어왔다. 조지
훈의 「완화삼」이나 박목월의 「나그네」가 그렇고, 마르셀 프루스트
의 「가지 않은 길」 또한 그렇다. 이 길들은 모두 길 자체가 아니라
그 길을 가는 사람에 초점이 있다. 신영춘의 경우도 마찬가지다. 다
만 신영춘의 '되돌아본 길'이 유다른 바는, 그 말미에 언제나 '곧은
길'이나 '사랑'과 같은 가치 지향성의 종착점이 전제되어 있기 때문
이다.

4. 삶의 질서에 관한 재해석의 방식

신영춘 시의 기본적인 입지점은 서정적이고 감성적인 언어 표현
과 그로써 부양할 수 있는 인간의 근본적인 심성, 그리고 마침내 지

향하고 도달해야 할 신앙의 지경地境을 표상하는 데 있다. 사정이 그러한데도 이 시인은, 동시대의 문학적 경향 중 하나인 '해체'의 창작 형식에 대해 깊은 주의를 기울이기도 한다. 문학에 있어서의 해체 또는 해체주의는, 프랑스의 철학자 자크 데리다에 의해 시발되었고, 기존의 의미와 구조를 해체하고 새로운 해석에 이르는 것을 목표로 한다. 따라서 언어의 이중성을 강조하며, 고정적 관념을 부정하고 끊임없는 변화를 추구한다. '해체를 바라보는 애절한 시선'이란 패찰을 내건 3부의 시에서, 시인은 이러한 사유思惟를 근간으로 하여 새롭게 시적 대상을 관찰하는 시작詩作 유형을 보여준다.

> 당신의 몸은 / 하늘을 담고픈 욕망에 / 갈급합니다 / 당신의 몸
> 과 / 하늘이 하나 될 때 / 세계가 / 당신 안에서 깨어납니다.
> —「몸」

20세기 이후 포스트모더니즘의 세계에서 '몸'이 물신주의의 도구로 전락한 사태를 두고, 시인은 기독교적 세계관에 비추어 이 개념을 어떻게 바로잡아야 할지 고민한다. 곧 '당신의 몸'에는 '하늘을 담고픈 욕망'이 잠재되어 있음을 확언하려는 것이다. 기실 이 양자 사이에는 어지러운 외나무다리가 가로 놓인 모양새이지만, 시인에게는 선험적인 명료한 답안이 있다.

> "그래 / 이리 온 내 딸아 / 아버지의 나라로 가자 / 아버지의 바
> 다에 널 / 잠재워주마".
> —「은희가 부르는 자장가에는 안식이 없다」

이 시에서 언명된 방향성도 앞의 시와 다르지 않다. 시인은 김언희 시인의 해체주의적 시「아버지의 자장가」를 보고, 거기에 기독교적 시각으로 접근했다고 말했다. 전혀 다른 글쓰기의 유형을 끌어안고 이를 신앙의 존재 양식으로 견인하려는 시도는, 해체주의

가 이 시인의 세계에서 어떻게 가늠되는지를 익히 말해준다.

> 천지사방에 흐드러진 자유 / 만개된 우주의 흐드러진 생명 /
> 지루한 자루 속에서 해체된 / 우리의 자유.
> — 「가출」

그렇다고 해서 신영춘의 시가 해체의 본질적 의의와 그 강점에 대해 눈 감고 외면하는 것은 아니다. 그는 이 새로운 문예사조가 표방하는, 의고적인 질서를 깨뜨리고 얻는 신박한 자유에 대해 충분한 이해를 갖고 있다. 강압적인 결속은 무의미하며 '생명의 발아'를 기약하기 어렵다는 것이 시인의 판단이다.

> 저 어두움의 끝자락에서 터오는 자그만 응답에 / 귀 기울이며
> / 일렁이는 검은 유령들을 / 뿌리치고 / 그대에게 향할 것입니다.
> — 「어두움 속으로 걸어 갑니다」

삶의 어두운 국면으로 걸어야 할 때, '일렁이는 검은 유령들'을 면대할 수밖에 없을 때, 시인은 그 질곡桎梏을 뿌리치고 '그대'에게 향할 것이라고 다짐한다. 거칠고 험한 인생 행로에서 해체의 사태를 넘어, 이렇게 올곧은 본향의 자리로 회귀하겠다는 시인의 결의는 선명하고 청신하다.

5. 목양의 길에 점철된 이해와 사랑

우리 문학사에 널리 알려진 김현승 시인은, 한 개인의 신앙 역정에 점철된 '믿음 – 회의 – 회개–믿음'의 도식을 명징하게 보여준다. 그의 시 「견고한 고독」이나 「절대고독」은 이 과정에 있어서 회의의 심경을 시적 언술로 나타낸 범례다. 결국은 '돌아온 탕자'와 같은

회개와 눈물의 시편이 그의 말기 작품인데, 신영춘의 시에서는 해체주의에 대한 방법론적 고찰이 있을 뿐 이러한 굴곡과 기복은 없다. 그런 점에서 그는 행복한 시인이요 행복한 목회자다. 4부에 수록된 시들은 '빛의 족적'이라는 제목에 부응하도록, 목양의 길목에서 만난 사람과 사건들 그리고 그에 대한 이해와 사랑을 노래하고 있다. 말하자면 신앙 공동체를 응대하는 사랑과 신뢰의 시들인 것이다.

> 하늘이 펼쳐지고 / 대지大地에 만상萬象이 펼쳐진 / 태초太初
> 의 잔치는 말씀의 능력이었습니다
> — 「말씀으로 다시 일어나라」

이 시의 전문을 읽어보면 시인은 '말씀의 능력'으로 가능하지 않은 것이 없다는, 확연한 신앙 고백의 주인공이다. 그 말씀의 역사役事가 긴 호흡으로 기록되는가 하면, '새로운 말씀을 전하는 그대들의 발걸음'에까지 이른다. 이렇게 불을 보듯 밝은 확신으로 살아오고 시를 써 왔기에, 오늘날 시인이자 목회자로서 존중받는 지위를 추수했을 터이다.

> 거기서 만나는 날 / 이 짧은 시간 동안 / 은은히 퍼져가는 / 종
> 소리처럼 / 완성된 희망을 / 손잡고 노래하리라.
> — 「떠나는 천사가」

이 시는 목회자로서 시인이 감당해야 했던 이별의 아픔을 제재題材로 한다. 오래 목회하면서 정들었던 교회와 동역자들을 떠나는 마당에, 시인은 이를 직접적으로 언급하지 않는다. 오히려 영원한 나라 천국에서 만나는 미래를 암시하며, '완성된 희망'의 날로 별리別離의 정을 승화昇華해 표현한다.

> 목자는 시커먼 짐승을 끌어안아 줍니다 / 비로소 아침 햇살이 /
> 그의 눈에 비출 때 / 영롱한 다이아몬드가 하염없이 떨어집니다.
>
> —「제단에 엎드립니다」

이 시에서 시인은 '제단 아래'로부터 올라오는 '시커먼 짐승들'에 대해 서술한다. 그 정체가 과연 무엇인지 단정하기는 쉽지 않다. 그러나 시인을, 목회자를 힘들게 하고 온전한 삶과 신앙의 일을 저해하는 어떤 존재일 것은 분명하다. 그런데 시인은 이를 끌어안아 주고, 그 눈에서 보석 같은 눈물이 떨어지는 광경을 연출한다. 기독교적 사랑의 실체가 바로 이와 같다.

> 사죄의 은혜와 / 포근히 감싸안는 / 사랑의 성령을 / 우리들 마음속에 내려 주소서.
>
> —「사모하는 마음」

우리 신앙생활 처처에 정처 없는 발길을 옮겨야 할 때가 많고 또 우리의 힘이 허약하여 대책 없이 부대낄 때도 많다. 시인은 이를 넘어서는 저력을 '사랑의 성령'이라 호명呼名한다. 기독교적 가르침의 모범답안으로 밀고 나가자면, 이보다 나은 해결의 방략이 없다. 그러므로 이는 이 시집 전체를 통틀어 시인이 수확한 정답의 언어다. 덧붙여 말하자면, 이 결론에 부합하지 않는 시는 이 시인의 세계에서 별반 값이 나가지 않는다.

우리는 이제까지 『빛의 족적』이란 신영춘 시인의 시 세계를 공들여 살펴보았다. 무엇보다도 먼저 그는 믿음이 수발秀拔하고 유능한 목회자이자, 감성의 언어를 자유롭게 운용하여 시로서의 콘텐츠를 뜻깊게 구성하는 시인이었다. 이러한 두 면모가 이 시집에 탑재되어 있다고 할 때 그 품성稟性과 기량이 어느 한 시기에 형성된 것이 아니며, 그가 전 생애를 두고 쌓아온 믿음과 실천 그리고 근면과 성실의 결정체라고 단정할 수 있다. 더욱이 시적 성취에 있어서는 더 말할 나위가 없다. 그의 시들은 자신의 삶 또 믿음의 경유지를 거쳐오면서, 귀하게 얻은 보석 같은 선물들이다. 우리는 이 시집의 구체적인 시편들을 통해 이를 확인할 수 있었다. 그러기에 기껍고 흔연한 마음으로, 그의 시인이요 목회자로서의 앞날에 더 큰 은혜와 영광이 함께 하기를 기도한다.